回憶契約
梁永佳◎著

【推薦序】許建崑（東海大學中文系教授）

原諒，比抵抗更難
——《回憶契約》的深度議題

因為衝突，或者一時誤解，而被家人冷眼相待，拒絕對話，情何以堪？

開始閱讀這本書時，我有些誤解。故事的地點、角色，都以外國名稱命之，還以為是一本外國題材的成長小說；再讀，官商勾結、財團購併與少年犯罪的故事，好像發生在鄰近周遭，一點兒也不陌生；忽忽又轉出痛失幼子，家人相互折磨的家庭悲劇，全家人受困在哀傷的情境中；又過了兩年痛苦的日子，主角卡特沮喪之餘，向一位陌生男子「販售記憶」，好讓爸媽遺忘弟弟艾倫的死亡，而把「關愛」轉移到他身上；這段奇幻的情節，可有點老套呢。

可是，故事急轉直下，卡特得到「關愛」之後，決定要好好讀書，考上大學，好報答親恩。他在圖書館裡，巧遇一位不懂借書規則的少年文森。他替文森辦卡借書，意外得到了一位偵探迷的朋友。而一家人失去對弟弟的記憶，讓姑媽質疑，也讓卡特自責。根據約定，他只剩下幾天可以去中止這張失去理性的「契約」；但必須先找出買主。

推理解謎成為故事主調

誰是真正的契約買主？是孟特爾市華倫斯分公司的經理杜傑克嗎？《孟特爾日報》的社長陳伊登嗎？還是華倫斯企業董事長高莫爾呢？或者是來自於莫測高深的魔鬼撒旦呢？抽絲剝繭，卡特和文森一次又一次的接近真相，卻又無功而返；讓讀者跟著焦慮不安。

這是作者梁永佳高明的手法吧。她以「漫畫跳格」的方式來處理情節，看不出明顯的章節區分。初時，時間流速甚快，事件錯綜，散落無序；漸漸指向家庭衝突與意外死亡；再以販售「回憶契約」作為旋轉門，壓縮探案的時間，從二十天轉成三、五天；要在進出渡假村的七十名賓客名單中，找出嫌疑人，又是多大的挑戰？而契約買主會在名單之中嗎？發簡訊給契約買主，要如何斟酌語氣？從一份市區報紙中，如何找到編輯預留的訊息？作者不斷的丟出問題來。

當真相水落石出，讓人發現先前散漫的敘述中，暗藏許多伏筆。事件的癥結都在於「耍狠」，而不能「溝通」，「最後倒楣的還是自己」；卡特與爸媽，老兵約農與孫女吉娜，報社社長陳伊登與兒子米洛，董事長高莫爾與兒子文森，都犯了相同的錯誤；即連孟特爾市居民與華倫斯企業的衝突，未嘗不是如此？

在真相背後，還隱藏著更大的祕密。華倫斯企業何以放任《孟特爾日報》的營運延續多年，直到最後才提出購併？社長陳伊登看見主角卡特，何以露出愧疚的眼神？華倫斯企業董事長高莫爾買走李家的「記憶」，又為了什麼？他是個戀舊的人，對於死去的妻子貝西戀戀不捨，住家裡處處陳列著對妻子的記憶。為什麼他會去墓園裡，用「既空洞又孤獨的聲音」，與卡特說話？

原諒比抵抗更難

再回到「回憶契約」的本題。高莫爾以「本人」兩字簽下契約，當然是要隱藏自己真實的身分，可是作者又暗示了什麼？這樁「契約」，沒有任何對價關係。如果沒有「契約」，時間也可能讓家人「悲傷的回憶」走出來。

十五歲到十七歲的孩子，是個自怨自艾的年紀，又試圖負起道德的重擔。書中藉著杜傑克說：「你們這些年輕人很難開心。」年輕的卡特因為弟弟的死亡，深感罪咎，認為父母譴責他，冷落他，會不會是個人的「自我懲罰」，而衍生出這段探尋之旅？自家人不肯放下抵抗，相互原諒，算是一個家嗎？

再去看看這個社會執事者的不公不義，金錢與權力往往收買良知，年輕人內心肯定澎湃難安，倒不如練習看清事實真相，不用隨風起舞。原諒那些貪婪、軟弱又意志不堅的人們，並且蓄積自己的能力，等到有作為的一天，勇敢成為有擔當的社會人。

我相信，故事中的卡特、文森和吉娜，都將會如此。

【自序】

關於面對死亡

幾年前，我所熟識、尊敬的一位女性，她的丈夫在醫院突然過世。

從丈夫住院直到離去，這位妻子一直盡職得守在丈夫身邊。

所以就在醫院宣布丈夫生命結束，女人根本無法置信，一直要求院方能夠盡到最大努力。

但是丈夫始終無法脫離這次浩劫。

這也是我第一次和死亡距離如此相近。

人的確是只有在面對死亡時，才會感覺生命如此脆弱和難堪。

當天，我們將遺體送入殯儀館，同時也親眼目睹那些每天面對死亡的人，對於死亡是多麼麻木不仁。

我們陪伴女人，甚至大家還討論明天開始不要上班休假陪她。

但是她拒絕了我們：「不要因為這件事影響了生活作息，大家還是要去上班。」

儘管大家都知道她口中所謂的「這件事」對她意義重大，但也因為她的堅持，所以大家還是各自過著正常的生活。

女人一回家就將丈夫有關的衣物、沒有用的物品冷靜的處理。

並且絕口不對外人提起自己丈夫早逝的消息。

所以要不是真正的至親至友是無法從她外表得知她正歷經一場很大的人生課題。

因為在面對這個困難的課題同時，她下定決心做了萬全的態度處理。

之後的日子，我們總會聊起她死去的丈夫，有時悲傷但大多時候，她都能以冷靜的姿態帶過這一切。

如果她願意，我們時常會回憶她的丈夫，還有他和我們相處的一切。

這時我們會發現，回憶的確是讓人緬懷死者最好最佳的精神支柱。

回憶會讓你哭，但是也會給你歡笑。

這本小說提到回憶和記憶是兩種不同形式的精神模式。

回憶是不論好壞、充滿感情的，而記憶則是相反。

我寫這本書的意義很簡單，只是想鼓勵在面對死亡的同時，我們能夠試著在乎尊重我們對死者的回憶，並且將心情清空下來，留下更多位子給還在世的朋友和親人。死亡讓我們了解的不光是重生、感嘆這類的道理，同時還告訴我們生命是短暫，多和重要的人相處才是真理。

既然每個人都逃離不了一死，製造更多更美好的回憶，才是我們真正應該做的課題。

我將這本書用簡單的推理小說方式來完成，也是我第一本推理小說，不論是實質上的內容，還是寫作的方式都是首次的突破。

也許它完全比不上市面上那些偵探小說，但是卻花了我許多時間和努力完成。

創作的過程中，我試著將每個角色加入更鮮明化的性格，場景也擴大到大城市，而並非像往常的創作只有主角和周遭的朋友，這應該算是一種架構較龐大的故事情節，也是我一直幻想想要完成的故事內容種類。

謝謝幼獅文化公司願意讓這本小說上市，這對我來說真的是非常大的鼓勵。

謝謝總是說到做到擁有完全金牛性格的博宇，是他不斷鼓勵、督促我要我盡快完成這本小說。

我期盼在未來自己能夠再寫出更好、更高層次的小說，試著再突破自己，寫得更精采。

孟特爾市

原孟特爾鎮，在最近幾年因為華倫斯企業介入，造成金融業的興起，因此繁華進化為孟特爾市。

華倫斯企業

富可敵國的金融企業，旗下有許多產業，包括電子通訊、服裝媒體還有醫療。最著名的一句話是：「華倫斯企業沒有什麼不能賣的。」

孟特爾鎮

對孟特爾鎮的居民來說，看到藍天白雲如畫般的光景，是稀鬆平常的事。

這兒是個與世無爭的小鎮，少了工廠廢氣，多了些綠意和和平，自然是溫和寧靜。

「大消息！大消息！」賣報童安德魯邊跑邊吼著：「《孟特爾日報》將公布最新的頭條新聞。」他是《孟特爾日報》派遣的工讀生。

每天早晨安德魯必須跑遍整個小鎮，以方便孟特爾鎮的居民購買日報，安德魯背著一個厚大的紅色書包，裡頭塞著滿滿的日報，只要有路人想要一份日報，就必須停下腳步，和路人做場簡單的交易。

交易結束之後，再將銅幣放入他腰際上淡藍色的腰包裡。

「嘿！」《孟特爾日報》主編伊登笑著問：「送報小子，有什麼好新聞？」

安德魯知道他明知故問，也跟著露出笑容：「伊登先生，不如買份報紙自己好好閱讀吧？《孟特爾日報》絕對讓你大開眼界。」

伊登一聽忍不住大笑起來，他是《孟特爾日報》的主編，也是老闆；更是全孟特爾鎮赫赫有名的人物。

伊登喜愛這個小鎮，就像孟特爾鎮民也同樣愛戴他一樣。

「好小子，」伊登對安德魯誇讚道：「看來日報會賣得這麼好，並不是沒有理由。」他抽了份日報：「我就跟你買份日報。順便也替你加點薪，畢竟我可從來沒看過這麼優秀的賣報童。」

安德魯向伊登道謝，心中也暗自竊喜。

伊登拿了錢給他：「快去吧！還有許多人需要這份報紙呢！」

伊登目送著安德魯的背影，他對這裡的一切都相當滿意，和平、安靜、自由、和諧，沒有任何工商往來的利益關係，單純的鎮民，這裡算是一處世外桃源人間天堂。

「伊登先生！」遠遠地，伊登看見他的屬下羅夫慌忙向他跑來：「有人向政府收購了孟特爾鎮！」羅夫上氣不接下氣喘著：「並且打算重新改建這個地方。」

「是誰收購這裡？」

「華倫斯企業。」

伊登一聽，立刻緊縮了眉頭，許多城市企業向來就相當看好此鎮，只不過礙於此鎮為國有土地所以遲遲無法接手。伊登對華倫斯企業早就略有所聞，華倫斯企業是近幾年赫赫有名的新興企業，經濟成長早就是世界的龍頭了。

「我們必須要反抗到底！」伊登對羅夫說道：「為了全孟特爾鎮的居民。」

「是的，」羅夫贊同得表示：「我已經和政府申請抗議訴求了，準備開戰吧！」他的語調和動作也變得激昂起來。

伊登點點頭，他抿著嘴脣思考著將如何完善解決這個突如其來的難題。

「伊登先生！」員警查理慌亂地說：「有人打算拆除校園對面的那排房屋。」

伊登聽了，連忙和羅夫跟著查理來到斯特丹大學，學府對面是一長排老舊的建築物，裡面住了一些老人。

那些老人家總是說：即使老舊我們也住著舒服。

等到他們趕到時，工程作業已經開始進行了。

老約農是個退休老兵，他大剌剌躺在工程車前大吼大嚷著：「來啊！我多年下戰場可不怕這區區的冰冷怪物。」

對方在車內直直瞪著他，用盡鄙俗字眼叫罵，但老約農哪看在眼裡？

他穿著白色背心，兩腿一伸躺在冰冷的柏油路上，彰顯自己的無敵：「我要好好打個盹，對！就是在這打盹！」

以老約農的年紀來看，別說是打盹了，躺在這又全身單薄，搞不好一打了盹就又一病不起了，伊登連忙扶起老約農，並隨即脫掉自己身上的西裝替他披上。

「伊登先生啊！」老約農哭喊著：「他們要摧毀我從小住到大的房子。」現在的他連教訓個菜鳥也沒辦法。

伊登安撫著他，望著那些冰冷的大型機器在他眼前晃過，那些機器就像個殺手，預備毀滅他心中的淨土。

怪手車上的威利只是個領人薪水辦事的派遣工，一見老約農起身大大的鬆了口氣。這是他失業多年以來找到的工作，他可不想因為一個老兵砸了飯碗。

於是他發動了車子，打開排檔，準備毀了老約農的家。

「等等！」伊登大吼著。

原本焦躁不安的在場居民，一看見伊登先生出面，懸宕在他們心中的大石立刻可以放了下來，他們看著伊登先生預備和大家共同加入戰局。

「你們沒有資格拆除這裡！」伊登大吼道：「這裡是所有孟特爾居民的！不是你們的！」

好極了！威利心裡偷偷咕噥著：走了一個又來一個，我可不想跑這趟白工。

居民們也跟著議論紛紛，場面開始火爆吵雜。

「我們當然有資格，」一位西裝筆挺的男士答道：「華倫斯企業已經以高價向政府收購這個小鎮。」他亮出一份公文，看來充滿自信。

他的服裝和身旁的工人格格不入，看來就像是在等待伊登出現，負責和他進行對談的重要人物：「想必閣下就是孟特爾日報的老闆伊登先生吧？」顯然男子早就對這個小鎮略做調查：「我是華倫斯企業的法斯特律師，專門和您商討有關孟特爾鎮的部分合約。」他說話的樣子讓人討厭。

在伊登眼中，法斯特的言行舉止令人憤慨，他看來就像個穿著西裝的醜陋傀儡：「這裡不屬於我！也不屬於任何企業！」伊登怒吼著：「這裡只屬於孟特爾鎮所有居民。」

法斯特聽了只是推了推他的金框眼鏡：「好吧，伊登先生，如果你要放棄和我們進行條件交換也無所謂。不論你們的決定是什麼，我們都要拆除這個地方，因為華倫斯企業有自己的打算。」他舉起手，正準備命令動工時。

伊登憤怒地咆哮著：「你們沒有資格決定任何事！就算是最大的名企業也是一樣！」

法斯特聳聳肩，不耐煩地回答：「我已經說過了，華倫斯企業早在半年前就以高價收買這個小鎮，所以這個小鎮早就不再屬於政府，半年後的今天正式歸屬於華倫斯企業。」

「去他的高價！」伊登罵道：「我們不允許你這樣做的！」他幾乎是用全身的力氣吼著，額眉間流下斗大的汗珠。

「腐敗企業！無能政府！」

「我們平靜的生活不需要虛偽的企業來腐敗！」群眾的力量開始凝聚起來，伊登帶頭罵著，他每說一句他們就緊接一句，形成極具完善的口號攻擊。

只有五歲的彼得戴爾曼，像隻兔子跳到法斯特身旁。我們都知道五歲的孩子總是口不擇言，尤其是它偏偏又是件事實的時候。

彼得在法斯特身旁繞了繞，接著用極具天真和童語的聲音說道：「叔叔，你都沒有頭髮耶。」

法斯特又氣又羞，摸著他的禿頭：「不是沒有頭髮，我有頭髮！」氣憤的朝彼得怒視。

髮量對法斯特來說，就算差一點點也是有，並不代表全部沒有。

幾個本來在料理早餐的女人們也開始對法斯特他們進行語言攻擊，他們一言一語，企圖讓法斯特無地自容。

法斯特皺著眉，深吸口氣，他刻意不去聽那些鄙俗難聽的字眼（有的甚至出言不遜，直接對法斯特人身攻擊。）：「動工。」他在心裡暗罵著，接著就命令開工。

當大型機器開動時，伊登氣急敗壞，他一個箭頭就往法斯特衝去，接著狠狠的揍上一拳。這個動作，導致原本情緒激昂的鎮民更加熱血沸騰，他們也開始慌亂的加入戰局。

兩邊開始進行拉扯，就連員警查理也不願多管，他也是小鎮的一員，他知道自己也要為守護小鎮而戰。

「停下！停下！」法斯特雙手抱頭：「你們最好快點停下來！」他越說越大聲，情緒也逐漸激昂：「否則你們全都到監獄報到去！」

鎮民停下了手，他們既無奈又憤怒的相望。

法斯特起身，他的頭髮和服裝早就狼狽不堪，全身都是挨揍的痕跡，就連走路也是歪歪斜斜：「我已經說過了！華倫斯企業早在半年前購買這個小鎮，你們沒有資格阻止！這裡是華倫斯企業的土地！專屬華倫斯企業！倘若你們再做出任何舉動，我們就在法庭上見。」他又亮出了手中的王牌：「可別忘了，我們是有法律資格的。」

伊登勉強壓抑住自我的情緒，他了解孟特爾鎮鎮民，鎮民愛戴他，以他為中心，他必須理性面對，否則只會造成無謂的抗爭和傷亡。

法斯特的視線掃向在場所有鎮民，他舉起手，又一次地命令：「動工！」

巨大的機器發出刺耳的聲響，打向建築，在碎石瓦礫中，摧毀了這個小鎮，也毀滅了全鎮民長年的美夢。

三年後

媽啊！我從沒像現在那麼不希望家庭晚餐不要結束。因為「家庭晚餐」之後，緊接著就是討厭的「家庭會議」。

口口聲聲說是「家庭會議」，但也只不過是老爸老媽的強迫宣示，就像在告訴我和艾倫：「你們的費用全是我們付的，我們想要怎樣！就可以怎樣！」

這可不是什麼有趣的暑期計畫，儘管它也算是計畫中的一部分，但是我卻一點想參與的興趣都沒有。

首先是父親發言：「我相信你們都知道，公司要求我到孟特爾市定居，因為他們在那開了新的分公司。」他清了清喉嚨，繼續說下去：「他們給了我更好的工作和福利，所以，我打算這個月月底我們就先搬到那裡去適應看看。」他的表情相當興奮，讓人不好意思潑他冷水。

他的妻子潔西（也就是我的母親）顯然也對這次的搬家計畫相當贊同：「當然沒問

題，搬到一個新環境，相信我們會認識更多鄰居的。」

去他的鄰居！我根本不需要任何新鄰居和朋友！我望向依靠著母親正在玩玩具的小弟艾倫，忍不住大嘆口氣。

「我相信艾倫一定也會很喜歡這個新環境。」母親笑著問：「對不對？艾倫？」

五歲的艾倫，我唯一的小弟，倒在母親身邊玩著紅色汽車，車子不時還發出吵雜的電子音樂：「對。」他漫不經心地答道。

艾倫根本就不曉得爸媽在問什麼：五歲的孩童只在乎車子有沒有聲音！他到底知不知道現在的狀況啊？沒有人會想要離開自己熟悉的地方，沒有人會想到鄉下地方過生活！沒有人會想要離開自己習慣的社交圈！

真是爛斃了！

「等到暑假過完，小艾倫就要上幼稚園囉！」母親親吻著自己的小寶貝：「到時就會和哥哥一樣，到一個新的環境重新生活，有新的朋友、新的學校，」她轉過頭對我問道：「很棒對吧？」

「一點也不好。」我搖著頭回答：「新環境！爛地方！」想試著避開難聽的字眼，用力批判。

雖然我知道根本行不通——和爸媽溝通最好還是不要耍狠，不然最後倒楣的還是自己。

我的心情已經遭透了！我不要再讓任何人罵我！

我只好傻傻的盯著磁磚地板，微光之中看見了自己的倒影，我發現可以很明顯的感覺到反射的人影是多麼的憤怒。

對！我超生氣！

「好了，卡特，」父親試著安撫我的情緒：「每個人都必須要經過一些改變才會成長，你不可能永遠待在這個地方，我也和你一樣很喜歡這裡，不想離開這裡，但是，如果我們一直在原地踏步，就不會有進步，」他吞嚥了一下口水：「到孟特爾市工作一定會帶給我們更穩定的收入和生活，這是好的改變。」

「我不需要更穩定的收入！」我情緒激動得從椅子上彈起來：「在這裡就很好了！我實在搞不懂你們為什麼老是這樣子！你們知道要踏入一個新環境對我來說是多麼困難嗎？」

「任何人踏入新環境多多少少都有心理壓力。」母親鼓勵我：「你只要慢慢克服就好了，就像艾倫一樣，一切順其自然，不要想太多。」語畢，她立刻冷落我轉向父親說：「到時要搬家你也需要幫忙很多事，我們只能再請珍妮來當艾倫的保母了。」就好像我的問題就只需要簡單一、兩句就可以解決似的。

「那個珍妮啊！」爸爸先是感嘆了說了一句，然後接著眼神飄到我這來，就好像把我跟「那個珍妮啊」歸為同類。

「有問題的其實是她的男友，我記得好像叫法克。」媽媽不斷回想著：「他有來接過珍妮一、兩次，一顆光頭上面還剃著自己的名字。」一講到法克她就露出了尷尬的神情。

「那個孩子的造型，」爸爸雙手環抱著胸：「我看過一次。」就算他不再說下去，也知道他不贊同法克的另類造型。

「我是覺得珍妮應該不是個壞孩子，有問題得大概是她的男友吧？」母親對父親解釋：「何況艾倫其實滿喜歡她的，短期之內我們應該找不到適合的保母了。」

爸爸聽了點點頭。

顯然他們對於艾倫的保母，還有保母的感情生活看得比我這個做兒子的還要重要。

「我辦不到！」我不管他們在討論什麼，只是故意咕噥。

他們將注意力轉回我，接著父親問我：「你說什麼？」語氣中有點譴責的意味。

我確信他是聽見了，但我還是刻意放大音量：「我說我不是一個五歲小孩！我十七歲！」

爭執總是在另一方無法妥協，並且大聲反抗開始。

「夠了！卡特！」父親大吼著：「我知道怎麼做對你最好！我們本來就應該在不同環境中成長和磨練，你應該要認清這一點。暑假放完你就是高二生了，你還是很幼稚！」

「我就是幼稚！」我生氣地回嘴：「你們根本只為你們自己好！」我沒想到竟然會演變成這種局面。

其實一開始我並不打算做出任何意見，因為不管怎樣我都得強迫自己接受這個事實（不得不接受，因為小孩子的意見總是沒人願意採納。），但是只要一想到要離開這個熟悉的地方，跳脫到另一個新環境，就令我相當惶恐不安和疲憊。

「你就是幼稚，你的那群狐群狗黨就是最好的證據。」父親不客氣地指責著：「我早就要你離開米洛那一黨人不是嗎？大家都知道米洛那一幫人都是一群壞胚子！他們什麼壞事都幹盡了！這個機會正好讓你離開那群朋友，以免你越陷越深。」他有點喘不過氣，但還是繼續說：「還有，我們從來沒有只為我們自己好，自私自利的人是你！我最清楚這個家需要什麼，至少我知道這個家不需要一個任性的孩子！」

我一聽見父親這麼說，原本壓抑住的怒火，又像霰彈般彈開來了。

「是！我是任性的孩子！」我站起身，憤怒地走向門邊：「任性的孩子要滾蛋了！」像個三歲的孩子大吼。

母親驚駭地看著我想要說些什麼，但是我不等他們任何一句話（反正八成又是一些囉哩囉嗦的假論調。）。

我快速穿好球鞋：「反正你們已經有艾倫這個乖孩子了，應該不需要我這個混蛋兒子了，對吧？」說完打開鐵門：「我要走了！」然後夾帶著許多低俗的字眼，接著立刻甩門離開。

我用力關上鐵門時，甚至可以聽見父親大吼的叫罵聲，這就像空氣一樣穿透了鐵門也刺痛了我的心。

我深吸口氣，往樓下走去。我走了整整三條大街，但是心情都沒有好轉。有太多事讓我沮喪到了極點，不光是要搬家這件棘手的事，爸媽對我的不信任也讓我備感無奈，我想他們永遠也不了解我為什麼要和米洛那一幫人在一起。他們大概也永遠不會知道，其實，我和米洛他們在一塊，根本沒高興或開心過，但是我卻沒有其他選擇。

我混進這種團體太久，要脫離卻是難上加難，一開始和他們一起玩樂真的很有意思。

米洛很有錢，他總是有花不完的錢可以供我們娛樂，和他們相處真的很棒！不會有人問你考試考幾分，更不會有人吵著要提早回家。每天喝酒、吸菸、鬧事、唱KTV，很多漂亮的妹妹都會靠上來，讓我覺得自己呼風喚雨，置身在人生勝利組。

一直到高一的寒假，米洛又將這個生活圈推向黑暗，喝酒和吸菸已經滿足不了他了。

他拿了一包藍色和一包橘色的藥丸，高高舉起笑著對大家說：「你們知道是什麼嗎？」

「蝴蝶丸和紅中！」他的女友吉娜，板著一張臉回答。

「對！」他忍不住給吉娜一個熱吻，以誇獎她如此聰明。

「你不應該拿這個來的。」吉娜皺著眉看他：「這會害死人。」

「妳不要囉嗦！」他怒視吉娜：「只是吃一點，偶爾快樂一下，又有什麼問題？」

「可是，」吉娜一臉憂愁得看著他，好像還要說什麼。

米洛馬上阻止了她說下去：「我沒有強迫大家吃，你們要不要吃隨便你們。」說完立刻吞了一顆：「這東西真的是他媽的太棒了！」

他將兩包藥丸丟在桌上，大家全都遲疑了。

每個人都知道毒品不好，但是我們自認自己生活本來就已經夠不好了，所以就算它是毒品，我們也會幻想搞不好這會變成一個很棒的解脫。

有個我沒看過的矮個子，突然拿起了一顆紅中就像電影演的一樣吞了下去。

有了第一個人起頭，就會有第二個繼續，然後就會有第三個甚至所有人共同沉淪，畢竟這裡的人全都是一群意志力薄弱的失敗者。

我看著吉娜，她對我搖頭，就算她沒說出口，我也了解她的意思，於是我點點頭，整個人癱軟在沙發上。

少部分的人拒絕這種誘惑，還有人甚至跑到房間，不敢看這可怕的一幕。但大多數的人，還是對這種東西充滿好奇。

大家開始搶那兩包毒品，有些人的藥效已經發揮了，看起來就像萬聖節的孩子在分糖果。

因為毒品我意識到這些人和我的差異性，還有米洛根本從不在意別人的生命或未來，反正他老子有的是錢，就算兒子吸毒還是可以逍遙法外。

接著，我試著想去脫離，但是並不代表我想被孤立、被圍毆、被冠上背叛者的名號；天知道如果我離開了他們，他們會怎麼做呢？

要知道，他們有多少把柄在我手上？他們又怎麼可能輕而易舉放我離開。

爸爸對我說得那些話，聽起來就像是在嘲諷我似的，好像我是一個叛逆無知的笨青少年（雖然我的確是青少年，但我可沒這麼愚笨。）。

我繼續走著，用平常的步調持續前進，無形之中、不知不覺地就走到平常上學的地方。看到學校破爛不堪的大門，還有陰暗的樹蔭，我這才意識到自己已經走了很久。平時我習慣搭公車上學，雖然中途不需要換車，但是扣除等車的時間，起碼要花一個多小時將近快兩個鐘頭，如今卻憑著我兩隻腳走到這，我應該是花費了不少時間。

我在校門口來回踱步，不想再往前走，更不願意走回頭路，最後乾脆找了個花臺坐下來休息。冷風不斷吹在我的臉上，並且向我的頭髮襲擊，我看起來簡直就像一個落魄到極點的流浪漢。

夜晚的校園和白天完全不同，既安靜又祥和，附近的餐飲店也早就打烊了，幾乎也沒有任何住家，現在的處境還不算太壞。

我看著對面，試著想像那些學生走過來的樣子，有些還會故意到對面餐飲店買早餐，那老闆娘是個好人，但是就是腦筋太遲鈍了些，該怎麼說呢？米洛總是每天早上都有一頓免費早餐。這樣說你可了解了吧？

米洛的技術很好，我是指偷竊的技術。我想那傢伙除了毒品和這個以外根本一無是處，他每次總是可以很有技巧性地躲開老闆的目光和門口的警報器，然後洋洋灑灑地拿著一個漢堡和一杯奶茶向我們炫耀他的戰果，就好像他做得是多了不起的事。

基本上，我還尚未和他共同參予這一類的事，我總是盡量避免類似這種事發生，我可以試著和他們相處，但是並不代表我一定要和他們一起犯案，做些爛事才能表達我的價值。我是有些軟弱，但是可沒愚蠢到家。

我望向對面愣愣想著：老爸是真的很不了解我，不然怎麼對我如此批判？正當我在思索這個問題時，身後正好有群吵雜的人走過。他們的步伐既厚重又輕浮，聲音忽高忽低，經過時還帶著厚濃的香菸味。我可以猜到這些傢伙是誰！

我想應該是他們沒錯！

不！鐵定是他們！

「嗨！卡特！」米洛很自然地坐到我旁邊來：「怎樣？在沉思啊？」他的手搭著我肩，滿口菸味。

「沒什麼。」我故作鎮定地回答，其實有點不希望他們認出我。

「我說你怎麼會在這啊？」尤金笑著問我：「這個時間你不是應該和家人團聚嗎？乖兒子？」

說完，他們都吃吃竊笑起來，對他們來說，和家人團聚是一件既愚昧又幼稚的蠢事

（當然他們自己不知道，事實上，最蠢得是他們自己。），我望著尤金的紫色龐克頭發呆，事實上，今晚他們打算做點小遊戲，因為我不想參加所以早在之前就拒絕了，只是我從沒想過竟然又會遇到他們。

看來現在要脫身似乎很困難。

「取消了。」我解釋：「出了點事。」

「好極了，」米洛拍著我的背對我說道：「我們預備要去補給一下，要不要一起來？」

我聽得懂「補給」的意思，他的意思是：他大概少了洗髮精或什麼東西要去學校附近的超級市場補給。

這當然是不花錢的囉。

「算了吧？」我聳聳肩：「我沒興趣。」

「很有趣的！卡特寶貝！」吉娜蹲在我膝前，用手壓著我的膝蓋，我甚至可以看到她圓滑的乳房。

她對我發出清笑聲，並且預備上下其手，我試著閃開，這個舉止卻引來她誇張的大笑，這一笑讓我更不自在。

「夠了！」米洛邊笑邊說道：「好了，吉娜，你可別嚇壞小朋友。」他在說「小朋友」時還故意抬高音調，好讓我聽個仔細。

吉娜起了身，對我發出一點點曖昧的笑意，我漲紅臉沒說什麼。

我並不會喜歡吉娜這種女孩，並不是因為她醜或者怎樣的，事實上，她還算亮眼，身材也絕對火辣，但是我卻無法真正去喜歡她。

據說米洛這一幫全上過她了，我想這大概也是我自己很難真正去喜歡她的原因，不過我並不討厭她。

我對吉娜的感覺一直是普普通通，我的意思是，我並不會因為她是一個有點「隨便」的女孩而討厭她，基本上，只要她不來對我胡鬧，我們的關係都還算良好。

「怎樣？」米洛的臉上持續著笑意：「加入我們吧？反正這又不是要你去哪裡交貨或販貨。」他指得「貨」是毒品，米洛偶爾會充當中間的角色：「不會這麼輕易被抓到，我可從來沒被抓過。」他自信滿滿地對我說。

米洛遞了根菸給我，我很自然地將菸放入嘴中，呼著氣，煙霧開始在我眼前瀰漫著，所有人看來就像天使一樣虛幻。

我望向他，再看看四周其他人。他們全都在鼓舞我，除了米洛和吉娜、尤金以外，還有另外三個陌生的面孔，一個女孩，兩個男孩。他們看來豪爽愉快，對於能夠進入米洛這個圈子，感到相當驕傲。

我的耳邊不斷響著他們鼓吹我的喧鬧聲，就像在說：「好好幹一票吧！」

「去吧！卡特！加入吧！」吉娜站在我面前，對我哈著氣，我可以感覺到她全身散發著香氣，和菸味混合感覺似乎很像迷魂劑。

我站起身來，也許是因為菸草的關係，也或者其他理由，我竟然站起身，大大吸了一口菸，然後將剩下的菸草丟在地上，我用力踩著，接著大聲地說道：「好好好！當然沒問題！試試又怎樣呢？哈哈！反正我也沒事可幹。」我大吼大叫。

直到米洛叫我閉嘴為止：「閉嘴！卡特！你想害死我們嗎？」

我尷尬地恢復鎮定，立刻發現有個在晚跑的詭異老頭，穿著白色短褲和長袖外套從我們眼前跑過，他對我們怒視著，直到不遠處一個轉角路口。

我望著老人的面孔發呆，耳邊還傳來米洛他們的咒罵聲，還有人半開完笑的往我背後打上一拳，不過我並不知道是誰。

超級市場大型鐘擺顯示已經是午夜一點半。

這是一家二十四小時的大型超級市場，由於今天不是週末，所以晚上的客人非常少。

這也代表著，在這個時間「辦點事」絕對比任何時機還要合適，我們互相對看，經過收銀台店員，走入超市。

架上排列著各式商品，我開始盤算著要拿走哪一樣東西。

我想想，也許我需要乾淨的內衣褲也或者一套牙刷組，按照估算，我起碼有好一段時間不會回家，也許一、兩個星期，也或者更久。

米洛他們會相當「樂意」讓我和他們一起住，反正他們那裡也是髒的不像話，亂七八糟沒人整理。

「聽著，」米洛壓低聲音對我們說：「盡量避開監視器，尤金的車會停在外頭等我們！只要一拿到東西，就往你們的大衣塞，如果被發現了，馬上衝回車上。」他看著我：「卡特，別太緊張。」

我吞了一下口水，向他點頭。

「你們也是一樣。」米洛指著另外一女兩男：「如果真的發生什麼狀況，大家只能各自逃跑，不管你是被抓的，還是看人被抓。」他的臉上盡是笑意：「戰利品大夥可以一起用，但是要是被抓，那就和其他人無關。」他輕鬆的表示著，我很清楚這簡單的法則，同時也是他不入流的生活方式。

我看著那一女兩男，他們的年紀小的可悲，也許今年才剛升上七年級，他們甚至比我還緊張，我可以很輕易發現，其中一名男孩緊張的連站都站不穩。

「加油啊！卡特！別輸給那些小孩子。」米洛瞇著眼輕聲對我說。

我搖搖頭，又是一陣苦笑。

「等下解散之後不要馬上行動，」米洛解釋：「多看看幾次再偷，二十分鐘後離開這裡。」說完我們就解散了。

米洛很自然地搭著吉娜的肩離去，三個小孩子也吵吵鬧鬧的自另一頭離開，只剩下我一個人站在原地，我看了看表，好清楚自己是否能夠在最短的時間之內偷到任何我想要的東西。

我快步繞過整個市場一圈，市場沒有很大，只花了我幾分鐘，中途我還看見米洛和吉娜，他們停在一些清潔用品前面，我沒和他們打招呼。我們最好裝做互不認識，免得有人被抓到時揪出替代羔羊來。

至於那三個吵鬧的七年級，我並沒有實際看到他們，不過我想他們應該是在零食部門附近，因為零食部門就在盥洗用具後面，正當我拿著牙刷組隨便塞入大衣中時，我可以聽見架子另一面傳來吵雜又胡鬧的聲音。

我將牙刷組塞入大衣內，好確定它不會掉落。

我繼續走著，繼續思考我還需要哪些東西。

我的大衣足夠塞下不少東西，但是我卻拿得很少，原因在於我還沒想到要拿什麼東西，當然，更有可能的是：我還在猶豫，甚至認為這些東西「應該」不是我能夠拿的。

看來，我的「良知」似乎在阻礙我的「作案發展」。

我又繞了市場一圈，又看了看手表，只剩三分鐘了，一切都還算順利，接著只要時間一到，也或者現在，我光明正大、表現出一副這裡沒有我想要的東西離開就可以了。

我這才意識到，原來這沒我想像中這麼困難，根本就是輕而易舉。只要將東西塞入我的大衣然後走出去，就什麼事也沒了。

我懷疑，這是因為我已經「做」了，所以才覺得沒什麼。任何事情「說」總比「做」還差一大截勒。

我繼續逛著，然後又看見了一瓶染髮劑。

我最近一直考慮更換新的髮色，髮盒上的淡褐色看來還不賴，於是就在念頭閃過的一瞬間，我順手將染髮劑塞入大衣內。我表現得相當順其自然，就好像這本來就屬於我的東西一樣。

「你在幹什麼？」一個店員突然問我，我不知道他什麼時後開始注意我。

我傻住了，他一臉憤怒的向我走來：「我看見你拿了東西塞進大衣裡！我要看看！你拿了什麼東西！」他邊走邊吼著，從走廊另一頭大步走向我。

我羞愧的搖頭，腦中閃過第一個念頭就是：逃！

我跨步轉身逃去，動作一放大，大衣裡的東西也全都掉下來。不知道是我自己沒塞好，也或者我真的太緊張了。總而言之，我變成了個現行犯，店員正準備當場活逮我。

那傢伙體型比我大一些，看來還算年輕，大概二、三十歲，所以體能還算不錯，他一見到我身上掉下東西，發出驚駭的叫聲，接著，尾隨我的速度愈來愈加快。

我的步伐也跟著快跑起來，我可以感覺到自己一顆心懸在喉結，好像阻礙了我的呼吸系統，讓我又乾又渴又累又倦。

我開始試著尋找出路，但是卻發現自己根本走不出這像迷宮般的笨市場，有好幾次估計錯誤，以為轉過彎是零食區，沒想到卻跑到罐頭和泡麵區來了。

這一下子，我又得重新思索我腦海中的地圖概念。

爾後，我立刻發現，自己腦海中的那一塊並不是地圖，只是一塊零碎且零散的破布。

一路上，又多了其他人追趕我，我口乾舌燥，避免被他們包夾，我想我是完蛋了，倘若被抓到，我不知道會失去多少自由又乏味的歲月，還有我那慘白無趣的經歷，也將會被貫上「偷竊者」的罪名。

我跑著，身後不斷傳來那群工讀生的叫罵，他們阻止我離開，他們對我大吼，他們讓我精神崩潰！

「這裡！」就在我好不容易看到大門的時候，我瞧見了吉娜，吉娜對我大叫：

「快！快上來！」

我抬頭，看見她正坐在車裡，她搖下車窗：「快上車！」

尤金盡量讓車子放慢速度，儘管如此我卻還是跟不上這樣的車速，我看見其中一個七年級的男孩將小型車車門拉開，他向我伸出手，試圖要把我自地面活活拉進車內。

那群工讀生一看見我要上車，連忙以飛快的速度向我奔來，但最後還是反應不及，我用力關上車門，還夾到其中一人的手指，他發出疼痛的悲鳴，全車的人哄堂大笑起來。

米洛甚至將頭歪向車外，對那群穿著橘色上衣的工讀生喊著：「有種追過來啊！」然後比出了他的中指。

我轉過身，隔著車窗，看見他們憤怒的站在原地，大夥都笑了起來，覺得他們愚蠢，但我卻一點也不想嘲笑他們。

我因為自己一時失手，整整被米洛他們嘲笑了一個星期：「真是難看耶！卡特！」米洛對我發出無與倫比的嘲諷語氣：「悲慘的傢伙。」

接著幾乎所有認識米洛（也就等於認識我的人。）都知道我幹過這種蠢事，有一個我不認識滿口袋毒品的男人對我嘲弄著：「老兄，這偷竊是一名學問，就像學校的功課一樣，有人不管怎樣都搞不定！但有人很拿手！」我看著他滿口袋的毒品藥丸，懷疑也只有這種東西能夠滿足他虛榮自豪的心理了。

因為如此，我被貫上了「偷竊爛人」的封號，尤其是在大夥兒知道我是在那家超級市場被活逮時，他們可當場沒笑死。

當然啦！我本人可一點也不覺得好笑，只是悶悶的喝著酒，然後也和他們無奈地笑著，反正事情不是發生在他們本人身上，他們永遠也不會覺得恐怖。

事實上，我直到現在還心有餘悸，只是不願和任何人透漏而已，我只好一次又一次的嘲笑自己，然後將自己的恐懼往肚裡吞。

我不想和米洛起任何衝突，就算是他鼓勵我犯罪，就算「偷竊爛人」這個封號是因他而起——他開心的到處宣揚。

還有每當我拿個東西他就會大聲嚷嚷著：「卡特！好孩子，需不需要我來幫助你啊？以免你那不聽使喚的手指老是讓你掉東西。」米洛極力發揮他以嘲笑人為樂的本能。

我都不能和他發火，我試著壓抑情緒。

畢竟我是寄人籬下，悲慘又可悲的寄人離下。

我被米洛他們整整嘲笑了一個星期，就等於我住在這裡一個星期了。

在這並沒有我想像中舒適，偶爾甚至會看見某些男女交疊的「春景」——一些光溜溜的景色。

可惜事情沒有我所想得那樣簡單。

我和米洛在一起已經開始感到厭煩了，不厭煩的是那一群七年級生，還有一大堆奇怪的、悲慘的、比我更年長的中輟生。

米洛的房子很雜亂，空間不小但是很髒，人多且嘴雜。

如果是一個懂得策畫自己未來的人，鐵定會很高興收下這間房子，然後會布置客廳、餐廳、甚至房間。但米洛什麼也不做，他的父母也不管他，就好像這房子就送給他，也沒什麼好抱怨的。

每天要找到一處安靜的地方休息，根本就是難上加難，我總是隨便找個空位坐下依靠著牆角，像個吸食安非他命的癮君子般，躲在一邊瑟縮著，我的四周全是空酒瓶，偶爾還會橫躺著許多詭異的男女。

他們全都吸食毒品，在我眼前晃過，跑來跑去，像個精神病患般奔波不停。

我隨便抓了件夾克，蓋在身上，皺著眉接著就昏昏沉沉睡去。

偶爾會有一些煩人的傢伙，他們會在我耳邊又吵又鬧。

有很長一段日子，我都必須要容忍他們的批判，有時發出嘲弄聲有時喝了太多酒而編出了一首《偷竊爛人》的嘻哈歌曲，這時我只能緊閉著雙眼，依舊試著壓抑自我的情緒。

也許父親說得沒錯，這些人的生活和我差異太多了，光是「孤獨」他們就無法忍受，而我現在有多麼想要自己一個人。

終於，我忍不住了，就在吉娜又一次趁我熟睡（其實是裝睡。）將頭伸入我身上夾克的這一天，我全身打著冷顫，勉強自吵鬧中的環境將自己拉起。

我將夾克掀開，看見吉娜，她對我笑著，就像以前那樣對我上下其手。

「別鬧了！」我對吉娜解釋：「我沒興趣。」

吉娜這才坐起身，她看著我，不發一語，我不敢去看她的臉，不敢確定她是不是在生我的氣。

「我看這小子八成是同性戀！」大衛發出冷哼，你一定不敢相信，這一個星期他做了什麼轉變。他可是一個星期前連順手牽羊都會全身發抖的蠢小子，如今，滿頭金髮全身菸味，看起來瞬間蒼老了好幾百歲。

大夥一聽見他這麼說，紛紛狂笑了起來，就好像這是他們聽過最有趣的笑話了。

我搖搖頭，只好無奈地站起身來，睡意全消，經過許多人身邊，米洛甚至用力打了我一下屁股（這個舉動讓在場所有人幾乎笑到胃抽筋。），我嚇了一跳，轉過頭正想給他一拳。

但是我依舊將這一拳壓抑在我心坎裡，只是加快腳步走出房間，耳邊翁翁作響，甚至可以聽見那些傢伙如野獸般的嘶吼聲。

我快步走了將近半條街才發現吉娜也跟在我身後，冷風依舊打在我的臉上，我這才意識到原來所有問題都沒有得到任何解決。

我，卡特！一個星期前的遭遇和現在完全一樣，甚至可以說是更悲慘。

我以為會比較好過，但現實似乎沒這麼簡單，離開家好像也沒什麼不一樣。

「妳是要來取笑我的嗎？」我聽見吉娜在叫我，轉過身對她問道。

她停下腳步，一臉哀戚地望向我：「沒有，我並沒有任何意思。」

「是嗎？」敢打賭我的臉色一定相當難看，就像被逼吞下好幾百克的戒毒劑。

「是的，」吉娜對我發出苦笑：「卡特，我很抱歉，我只是想鬧鬧你而已，你實在太嚴肅了點。」她解釋：「我只是希望你能放輕鬆。」

「不需要，」我回答，聽到她這樣講讓我心情好多了：「好吧！謝謝妳！但是我不打算讓自己成為一個縱慾的白痴。」說完，我馬上後悔了。

我想我這句話刺中了吉娜，她低下頭搖頭道：「我沒有任何意思，我只是想要你大笑，像那些人一樣。」

「別傻了，」我輕拍吉娜的肩膀：「那些傢伙根本沒有輕鬆過，他們只是逃避現實而已。」

這個舉動，應該是我對吉娜最大的越矩範圍了。

昏暗的天色，我似乎可以看見吉娜隱隱約約笑著：「說得好，卡特！」她十分贊同我的話：「有的時候，我們根本就是在逃避現實，我是指任何時候。」

我的心情輕鬆不少，「要不要喝點什麼？我想我身上還有一些零錢。」如果我記得沒錯，在距離我們不遠的地方，應該有一家二十四小時便利商店。

吉娜看著我，對我發出清笑聲：「你要請客？」一臉懷疑。

「這當然，難道妳還懷疑嗎？」我用手肘撞了她一下肩膀：「我們可是光明正大到裡頭買喔！」我笑著說：「付錢的！妳知道我們要付錢。」

「我當然知道，卡特。」吉娜也對我露出笑容：「只是認識你這麼久了，從沒想過會讓你請客，這個經驗可不是每個人都有的對吧？」

我聽了，終於忍不住大笑起來。

我和吉娜隨性地在便利商店門口樓梯坐下，我們的旁邊各自放著兩瓶廉價的可樂罐，唯一讓我驚訝的是：吉娜並沒有打算買酒喝，我曾目睹過她瘋狂愛著一個廠牌的啤酒，喝得就像個糟老頭似的，對每個人歇斯底里大吼。

這一次完全不同，酒意全退的她，看來冷靜又善解人意，雖然灌可樂的動作老是讓我想起她灌啤酒的那般迴樣，但是她看來仍然是判若兩人。

「你還好嗎？卡特？」她沒頭沒腦這麼問我。

「還算可以。」我望著她，苦笑得回答：「越是這麼和你們混，我越覺得自己不屬於你們。」

「我們沒有一個人屬於任何人，」吉娜邊說邊喝可樂：「有的時候，我也真的很希望我只屬於我自己。」

「什麼意思？」

「米洛啊，卡特！」吉娜嘆了口氣：「為什麼我們總是要以他為中心點，」她瞇著眼，露出輕視的模樣：「他到底有什麼地方值得我們這麼去做？」

「我不曉得。」我坦白承認自己的無知：「如果要說他善解人意，這真是太強人所難了。」

吉娜聽了，笑了起來：「是的，就是這樣子，我常在想，那個外表一直聽從米洛的笨吉娜是不是真正的吉娜。」

「不論是怎樣的吉娜，都是真正的妳。」我對吉娜說：「沒有一個人能夠取代真正的妳，當然妳自己也不可能取代任何人，」我低頭看著可樂罐：「妳唯一要做的是：相信自己，還有愛自己。」

吉娜看著我，愣了一會兒。

我看見可樂罐懸在她的面前，接著她將可樂放下，用力拍打我的背：「真有你的！你可以去當哲學家了！」

這次我們兩人都笑了，我從沒想過自己能夠和吉娜這麼輕鬆的交談：「原本這個週末我是打算搬到另一個地方去的。」我開始聊起我的私事。

在這裡，我們是不會聊起自己本身以外的任何事的。

「哪裡？」

「妳聽過孟特爾市嗎？」

「我知道啊，據說那個城市在最近幾年興起了許多新興企業，原名孟特爾鎮後來因為大型企業的介入正式改為『孟特爾市』。」

「那妳一定聽過『華倫斯企業』囉？」

「當然。」吉娜點點頭：「有名的大企業、有錢人。」

「相信我，在大企業工作並不代表有錢人，我的父親就是其中一個例子。」

「你說你爸在華倫斯企業上班？」吉娜這下可吃驚了。

「嗯。」我連忙解釋，並且表達我的謙虛：「這並不算什麼，吉娜。」

事實上，我也不覺得這有什麼了不起。

「怎麼不算什麼呢？你知道我們其他人的父母在做什麼嗎？有多少人想進去這家企業，而且現在經濟真的非常的……」

「不景氣是吧？」我替她接話：「我說真的，我從小到大從沒聽過經濟繁榮的，又哪來的不景氣。」

「那是統計數字，卡特！」吉娜解釋：「雖然並不一定對每個人都有效，但絕對適用大部分有錢人。」

「也許吧，只可惜華倫斯企業一直沒給我父親太好的待遇，直到今年為止。」

「什麼意思？」

「我剛才不是說了嗎？我這個週末本來要搬家，我要搬去孟特爾市，該死的華倫斯企業擅作主張替我父親決定，而我那該死的父親也跟著替全家決定。」

「喔！卡特！」吉娜說道：「你要知道搬去一個新地方就是一個新的展望不是

嗎？」

我不作聲，繼續等她說：「你要搬去孟特爾市耶！」

「我說真的，吉娜，我一點也高興不起來，什麼孟特爾市？就算孟特爾市又怎樣？我向來就討厭改變。」

「這是好的改變，卡特！」吉娜對我說：「至少以目前的狀況來看絕對是好的！這無庸置疑！」她一臉篤定地對我說：「總有一天，你會很高興自己離開了這個地方，離開了這裡所有人，你會發現自己是多麼渺小，還有米洛，」她靠向我：「根本只是一個爛人！」

「也許我會遇到比他更爛的。」我回答。

「那只是也許呀！」吉娜伸了個懶腰：「我現在只知道你很好運，你可以離開這裡，」我在她眼底看出了許多無奈：「像我的父母，他們從沒想過我需要什麼。」

「責罵和毆打對吧？」我說：「這很正常的，我也是一樣，自從房間的香菸和少數幾瓶啤酒被爸媽發現之後，我沒有一天不挨罵的。」其實還有幾本散裝的限制級書刊，但是礙於吉娜是女孩的關係，我並不想特別提起這點。

「我想也是。」吉娜說道：「卡特，這也是我為什麼不喜歡回家的原因，天知道你越晚回家你父母越會怎樣罵你？什麼關心？我看根本不可能！」

「不過，」她繼續說：「我還是比較贊成你回家！」

「我？」我不可置信地看著她。

「是呀，卡特！竟然我們都知道自己並不屬於這裡，那我們為什麼還要繼續待在這裡呢？回家吧！卡特！好歹你的父母知道要給你什麼。」

「妳的說辭很像福利機構的阿姨。」我笑著說，藉此隱藏心裡意外的情緒，我真的沒想到吉娜會這麼對我說，我一直以為她和米洛一樣，雖然還沒有米洛那麼令人髮指，但是她的所作所為同樣令我不太舒服。

你很難想像，像她一個「這樣」——頑劣、自私、愛面子、悲觀、活潑、健談、亂七八糟……反正什麼詞都可以用在她身上。

「說來你可別笑，我真的有想過要當義工。」她原本認真的神情突然羞紅著臉：「我是說那種可以幫忙小孩的，畢竟我們也是一路走來的嘛……喂喂喂，拜託你的嘴閉上好嗎？」

我聽到了，連忙將嘴閉上，接著她又認真問我：「你喜歡小孩嗎？」她這麼問讓人產生想生個小孩的錯覺。

吉娜的臉上散發著光芒：「我是覺得小孩很可愛啦！」雖然只是短短一句話，但是卻可以很明顯的發現，她其實是有著另一個和善面。

「我，」不過我還是老實回答：「我可不喜歡，事實上我家就有一個。」

「你家就有一個？」她愕然地看著我。

「對啦！」我連忙澄清：「那是我弟弟啦！」五歲的笨蛋。

「我當然知道是你弟弟，」吉娜笑了出來：「不然還你兒子啊？」

「我可沒那麼麻煩的兒子。」我咕噥著。

「你在你爸媽眼中一定更麻煩。」

「或許他們真的這樣想吧！」

「沒那麼糟糕啦！」吉娜連忙解釋：「你相信我，我看過更差勁的小孩，還有更差勁的父母。」講完之後她不再作聲，變得好像一顆消風的氣球，沉默不語。

我總覺得事情有點奇怪，我是指吉娜的態度。

我們這幫人從來沒想過和彼此傾訴，何況吉娜又不是我女朋友，講難聽一點，我又沒跟她怎樣！

所以就算我覺得吉娜真的有什麼祕密或者煩惱，我也不願意關心和討論。

事實上，我們都有我們的煩惱，有些人的爸媽可能在領失業救濟金，有些人的父親會毆打母親，又或者有更多讓人更難過更邊緣的事。

但是我們從來不願意提起家裡的狀況，我們習慣讓朋友看到風光的自己。

米洛的毒窟

我在米洛家已經有十天了。

我從來沒有跟他們鬼混這麼久過，每天總是有不同類型的人加入，有的比我們還小，有的卻老的讓人打從心底覺得可悲。

從來沒有人知道這些人為什麼知道要來，更沒有人知道他們的來歷，就算米洛自己也不是很清楚，有時可能是他的朋友然後又帶了一個朋友，之後又是朋友的朋友，周而復始。

這房子是米洛的，占地將近三十坪，簡單的家具零星散落各角落，米洛家很富裕，所以才會有個讓大家玩樂的地方，只能說有些人總是天生的好運，即使他不斷揮霍了他的好運，幸運女神依然眷顧他。

「嘿，卡特！」米洛向我招手：「你這次待的可真是有夠久。」

我沒答話，他總是在準備要嘲笑我的時候才會和我說話。

「難道你爸媽沒有登報找你嗎？」米洛大笑起來，通常他一大笑，周圍的人也會跟著大笑，就像可惡的傳染病一樣，傳播速度飛快。

我站起身，不搭腔。

「乖寶寶你要回家了嗎？」這句話又引起了一陣哄堂大笑。

我隨手拿了一罐空酒瓶，用力往牆壁砸去：「真是他媽的，我承認這次是我待在這最久的一次了！」玻璃碎片四處飛散，我緊握著酒瓶口。

我的舉動讓大家陷入一片沉靜，只有尤金兩眼空洞的看著我，然後發出歇斯底里的大笑，我實在搞不清楚他到底是對於我的反應覺得好笑，還是他因為吸毒看到別的東西覺得有趣。

有個我不認識的人，從走廊探頭看我，他裸著上半身，一副剛被抓姦在床的鳥樣。

米洛只是冷笑一聲，我知道他不敢對我怎樣，只要我一發火，他就會選擇保持沉默看看狀況，沒人清楚我的底線在那，基本上大家都還算朋友，除非是特別不滿某個人被大家群體圍毆，不然在這棟房子是絕對不會有什麼流血衝突。

我將剩下的酒瓶丟在地上，無力的走向另一座沙發，米洛繼續吸著他的菸，過了大概兩分鐘，現場又馬上恢復了吵鬧。

我看著他們，尤金已經不笑了，他開始在室內奔跑吵著要追蝴蝶。其實我們都知道那不是蝴蝶，那只是因為他吸毒而產生的光影，五顏六色的讓我們以為是蝴蝶。

我順手倒了杯酒，往肚裡喝，這裡的所有毒品、香菸和酒都是米洛提供的，他有錢又有管道，當然都是他提供的。

等我喝下去才意識到這是一杯酒精濃度非常高的白蘭地，我從喉頭到胃簡直就像著火一樣。

我愛喝酒，但這種號稱老人的白蘭地！實在不該出現在這裡啊。

大家簡直愛死米洛了，要什麼有什麼，酒精，香菸，毒品，女人（反正總是會有兩個人看上眼的時候。），而且都不需要自己花錢，跟米洛在一起的日子，簡直就是天堂。

我開始搖搖晃晃，現在我還有一點意識存在，但我很清楚，過了幾分鐘我就會變成身邊的人一樣，既空洞又可悲。

果然，才過幾分鐘，我就有種輕飄飄和醉醺醺的快感。

我非常熱愛酒精後麻痺的自己。

基本上我不太依賴藥物，我就是不想讓米洛控制，所以我沒有太大的藥物成癮問題。

在這裡的人，大多喜歡這種醉生夢死的日子。

我開始覺得大家都很有趣，每件事看起來都沒有我一開始想像的那麼難過，我微笑坐在那裡看著大家，他們的行為就像小孩一樣，不穩定又喜歡大笑，吉娜甚至隨地亂坐，開始大哭起來。

米洛不知何時晃到我身邊，猛一看還滿像個娘炮吸血鬼，我忍不住笑了起來，他先是打我後腦一拳，然後又說：「有什麼好笑的？」

我搖搖頭，只能說他這拳打得可不輕。

「你看，」他搖搖手上一小袋像冰糖的東西：「你知道這是什麼嗎？」

「冰塊。」就算我已經失去了大半意識，還是可以清楚猜出來他手上的東西。

冰塊，就是俗稱的安非他命。

看這些像冰糖的小東西，是如此的無害，卻有這麼多人喪命在它手上。

「要不要試試看？這冰塊越純是越致命的。」

我真搞不懂為什麼米洛的生活如此的完美，他卻總是要演這種致命遊戲摧毀自己的人生。

「我不要。」

米洛看著我的反應，這才意識到我已經猛灌了一杯白蘭地：「天啊，你該不會喝了這老人酒就不吃藥了吧，」他浮誇的說：「我每天都不知道酒混藥多少次了。」

這時我才反應到，米洛根本沒發現我從沒吃過毒品藥丸。

這一瞬間，我突然覺得很安心，因為如果他知道了，鐵定會大聲嘲笑我，非得逼我吞下這些藥丸不可。

幸好這時大家都處於疲倦又瘋狂的狀態，所以沒有一個人理會他。

老實說，當在場唯一清醒的人可一點也不好玩，這比放冷箭還糟糕，沒有一個人願意搭腔米洛。

米洛就像個世界的中心點，如果別人不跟著他起鬨，不陪著他打鬧，會讓他非常挫敗。

他聳聳肩，只好繼續說：「你不想試沒關係，反正我相信很多人想看看。」說完又在我眼前晃了兩下。

我搖搖頭，他只好自討無趣走開。

我感到很疲倦，剛才的一陣喧鬧之後，我的細胞就像死光了一樣，不停的萎縮。也不知道過了多久，酒精還停留在我身上，而且時間越長越影響我，我覺得自己比平常更加沮喪萬倍。

酒精就是這樣，你以為它帶給你愉悅、讓你解脫，但其實它只會讓人痛苦加倍。

不斷有不同人的來來回回走動，新面孔舊面孔，幾乎全都是一些社會邊緣人。這時，我看到一個光頭的男生，仔細一看會發現，他並非完全光頭。頭上就像寫了口號還是什麼一樣，如果你腦子夠清醒會發現上面寫著「法克」這個字。

等我再認真一看，發現他的手上竟然牽了一個小男孩。是小男孩！這裡會有未成年的出現已經不是什麼稀奇事了，但是只有大班年紀的出現倒是很惹人側目。

「怎樣？」米洛搖搖晃晃來到光頭前面：「這個小孩是你生的啊？」

「媽的！」他先是破口大罵，也沒人知道他為什麼要破口大罵：「珍妮這賤人不爽我拿她打工的錢吸毒，一氣之下就把小孩丟給我，然後回家了。」

「哥哥。」就在我覺得珍妮兩個字怎麼那麼耳熟的時候，大班小鬼一個箭步往我這跑來。

我的酒醒了一大半，從酒醉中驚醒。我望著這個小鬼，赫然發現竟然是我的小弟艾倫！

緊接著我馬上想起珍妮是艾倫的保母，至於眼前這位光頭法克，則是珍妮的男友。我望著他滿臉鼻涕和淚痕的小臉，我就像他的催淚彈，他一抱住我，緊接著立刻嚎啕大哭起來。在場所有人（除了法克，他開心的就像嗑了藥。）包括我在內全都傻了眼。

接下來的場景亂得不可開交，我努力的將注意力放在艾倫身上，沒有一個人能讓他不要哭，這裡有數不盡的毒品，喝不完的酒，但是艾倫全都不喜歡，更不可能會買帳。

「卡特！」米洛的脾氣暴躁到了極點，事實上在艾倫的哭鬧中沒有一個人不急躁的，小孩的哭聲，就是有這種令人畏懼的可怕魔力。

最後，就在眾目睽睽之下，我只好慘白著一張醉酒臉，將艾倫帶出門。

等到艾倫不哭，已經是一個小時之後的事了。

他吃著冰琪琳，桌邊還散落著剛剛吃完的微波義大利麵，邊吃邊跟我胡言亂語，要不是臉上還留著一些些剛剛哭過的淚痕和鼻涕，實在很難想像他剛才嚎啕大哭失控的模樣。

套一句我媽常說的話：現在的他，根本就是天使。

「哥哥你去哪裡了？爸爸好生氣。」

「哥哥最近比較忙，」我邊說邊幫他擦臉：「爸爸媽媽最近好嗎？」

「他們也很忙啊。」

跟艾倫對話僅限於此，拜託！他才五歲而已，表達的意思也不見得是你以為的意思。

我想老爸老媽應該是為了要搬到孟特爾市忙吧，我突然想到父親決定的那一天，雖然只是不到一個月的事，卻讓人覺得好遙遠。

在這裡，總會覺得時間過得很慢，總是日夜顛倒、沒有目標的過日子，就會感覺日子漫長。

毫無目標的狂亂日子，讓人愉快但也令人空虛。

「哥哥，我想回家。」艾倫說道，童言童語讓人不忍心拒絕。

「今天很晚了，明天送你回家好嗎？」

「可是我不想去剛才那裡。」他越說越委屈，好像又要哭了。

「明天早上就帶你回家，你要不要再買什麼吃？」

艾倫的眼眶紅了，坦白說我也不想這樣對他，我也想帶他回家，等下回去毒窟（我實在不知道該用什麼形容詞。）我連給他張乾淨舒服的沙發都很難。

問題是現在都半夜了，何況我又不想讓爸媽來接我們，他們要是看到散落的藥丸和酒瓶鐵定會馬上報警，這樣只會被米洛他們冠上「出賣罪人」的封號。

所以我寧可選擇明天一大早帶他回家。

「我不要，我要回家。」艾倫又哭了，又一次的嚎啕大哭。

還好便利商店的人不多，只有店員和一個中年男客人。

「我買可樂給你喝好不好？」

「不要。」

「買洋芋片給你吃？」

「我不要！」

「MM呢？你最喜歡巧克力？」

他搖搖頭，接著大叫起來：「我只要回家！」

我開始汗流浹背，我很少這樣跟艾倫相處過，他是我弟弟我當然愛他，可是我很少單獨照顧他，我偶爾會陪他玩球和畫畫，但是就只限於這樣而已。

我很想斥責他叫他閉嘴，但一方面又覺得這樣對他真的太殘忍了，尤其想到他剛才一看到我的那股需要感。

平常我可能沒有盡到哥哥的責任，但是在現在這個時候，我實在應該對他好一點。

於是我強忍脾氣和他哭鬧的煩躁，拍拍他頭，試著安撫他。

但是他還是依然故我，繼續大哭大鬧，到最後，我完全放棄了，只好任憑他大哭。哭得他嗓子都啞了，我還是不知道該如何是好。

反正他到最後一定會哭累了，然後睡著。

「你真的很不會照顧小孩耶。」我抬頭看到吉娜正朝我方向走來。

我兩手一攤，表達我的無奈。

「你叫什麼名字？」吉娜問。

「艾倫。」艾倫邊抽噎邊回答。

「艾倫你好乖喔，」我還是第一次聽到吉娜那麼溫柔：「你先跟我回家，明天早上我跟哥哥再送你回家好不好？」

「不要，我要現在回家啊。」

「可是，現在外面好黑喔，隨便走在路上會被怪物抓走耶。」

「我不要被怪物抓走！」

「對啊，所以你先跟姊姊回去好不好？」

「好，」我真不敢相信艾倫竟然這樣妥協了。

「你好乖，姊姊買巧克力給你吃好不好？」

「好。」我不可置信的看著艾倫停止哭鬧，打從心底佩服吉娜。

當天晚上我們送艾倫回去時，又免不了被米洛酸了幾句，他就是沒辦法忍受這一類的事情（小孩啊，小動物這一類的。），甚至還想把我和艾倫轟出去，幸好吉娜苦苦哀求，才讓我們兩兄弟有個落腳的地方（米洛這類型的人，總有英雄主義，通常吉娜要求什麼，他都一定會做到）。

我本來要找法克，但是他早就不見蹤影，也許是因為他害怕我又把艾倫交給他。

當天晚上我和艾倫一起睡在一張破舊的沙發上（比起來這裡的沙發鐵定是比床乾淨多了。），我必須要非常小心，才不會被彈出來的彈簧傷到，艾倫那一頭也好不到那裡去，沙發底部下陷了，我就只好死死抓著他睡。

雖然我們是兄弟，但是我們卻從來沒有睡在同一張沙發也沒這麼靠近過，我忍不住自責，我一直沒盡到做哥哥的責任，艾倫跟我的年紀相差太遠，我們總是各玩各的，但是他的出現，卻反而讓我有回家的感覺。

艾倫，我的弟弟，我望著他，即使就算在這個龍蛇雜處，既陌生又恐懼的環境，他卻還是睡得香甜，我想大概就是因為我們在這個時候還有彼此。

我從惡夢中醒來，我夢到吸了太多冰塊而抽蓄不止，最後整個人驚慌的翻下床，然後接著就驚醒了。

醒來時，扎扎實實摔在地上，睜開眼睛只看到乾淨的天花板，住在這裡我幾乎每天都被吵醒，因為惡夢驚醒還是第一次。

等一下，有點奇怪。

我發現艾倫不在身邊，外頭又出奇的安靜，我連忙起身，衝到房外。

大夥聚集在客廳，形成了一個小圓圈，我努力尋找艾倫的身影，但是卻怎麼也看不到，大家一看到我，先是難過的搖頭，然後退離圓圈。

這時我看到了艾倫，他躺在冰冷的地板，一動也不動。

「艾倫！」我先是大叫他的名字，接著慌亂的飛奔到他前面。

我輕輕的摸著他的鼻息，就在發現他完全沒有呼吸的時候，他身體的溫度也冷到讓我心寒。

「天啊！」我開始覺得天旋地轉，發出無意義的呻吟。

艾倫，我的弟弟，他只有五歲，卻冷冰冰的躺在地板上，一動也不動，他的嘴脣泛紫，我跪了下來，抱著他難過的大哭，情緒完全無法控制，我用力的搖晃他，渴望他用童稚的語調和我交談。

但是他卻什麼也沒做，他就只是閉著眼睛，一動也不動。

我憤怒的起身，大聲吼道：「是怎麼回事？這到底是怎麼回事？」差點站不穩。

「嘿，老兄，」米洛搭著我的肩膀：「沒人知道怎麼回事，大家醒來他就躺在那了。」他的語氣如此簡單，就好像死的是一隻老鼠，而不是我的弟弟。

我轉過頭，看到他因吸食安非他命而瞳孔放大的眼睛，那對眼睛讓我想到艾倫，就像甲蟲一樣深邃。

「絕對不可能！一定有人知道是怎麼回事。」我哭啞了嗓子，完全不知所措。

我掃視著每個人，那些人都只是慘白著臉孔搖頭嘆氣，或者某些意識還清醒了解事情嚴重性的人，他們低聲啜泣，連看也不敢看艾倫一眼。

「我要報警！現在！」我一個箭頭往我背包走去。

我一直努力讓自己保持冷靜，但是內心卻像打了好幾百個結，讓人想吐、真的完全不知該和何是好。

我試著強忍悲傷，卻無法阻止自己流淚。

「不行！」米洛一把抓住我，對我大吼：「你瘋了嗎？你一報警我們所有人都會坐牢的。」

「我不管！」我拿起手機，米洛一個拳頭打過來，手機被彈個老遠，發出一陣破裂聲，電池和主機分家了。

我甩開米洛，連忙衝過去拿手機，但是他動作更快，他抓住我的手腕：「你不可以報警，該死！你要我們全陪你下葬嗎？」

「下葬的只有艾倫！不會是你！」我也不知道哪來的力氣，我用力甩掉他，緊接著朝他肚子打上一拳，米洛氣極大敗。

「抓住他！」他彎著腰，對尤金一群人怒吼：「媽的！你們是要坐牢嗎？」

尤金他們先是一愣，我趁著空檔，連忙奔去拿手機，我跪在地上怎麼組裝都組裝不成，手一直在發抖，冒著冷汗更讓手機變得溼滑，完全抓不住。

我掉了一次又一次，終於拿起來的時候，又慌亂到無法把電池裝回原位。

最後米洛他們一夥人朝我奔來，米洛在我來不及反應時，重重的給我腦袋一腳，我一陣暈眩，死握著手機，接著我強忍著疼痛，努力的將手機裝好，米洛一拳又一腳的朝我揍來。

過於哀傷和害怕早就讓我忘了疼痛。

其他人站在旁邊不知如何是好，所有的一切對在場的人來說都太突然了，直到米洛又罵了一句：「你們是全部想坐牢是不是？你們他媽的人生要被他毀了！我絕對不要！」他們就像當頭棒喝一樣，也加入這個陣營。

我已經數不清多少拳打腳踢了，最後，我連握著手機的本事也沒有了，我的手一鬆開，整個人無力的趴在地上，米洛趁這個時候，狠狠的向下踩。

手機螢幕澈底碎了，還跑出了許多小小的碎玻璃，如同我現在的心情被撕成千千萬萬碎片。

我可以感覺到滿臉的鮮血，分不清是哪裡流出來的，我滿嘴也布滿了血味，肋骨被打斷了，身體再也不聽使喚，有幾個女孩開始在旁邊哭泣，但是沒有人敢上前幫忙，他們全怕成為下一個目標。

這些人的道德標準完全扭曲。

艾倫，哥哥真的很對不起你，哥哥很愛你，不該是這樣的。

我心灰意冷的任他們無情得挨打，艾倫，哥哥馬上去陪你了。

「警察局嗎？我要報警，這裡有人死了。」

一陣混亂中，所有人都停止了毆打，全往另一邊瞧去，我勉強瞇著瘀青的雙眼，遠遠得好像看見吉娜發著抖緊握手機說：「請盡快過來。」她邊哭邊說道。

感覺她的聲音既空洞又遙遠，接著我就失去了意識。

墓園

今天是艾倫死去滿兩周年的日子，卡特的母親潔西每到這個時刻就顯得比以往更加沉默寡言。

事實上，卡特一家人全都為了兩年前艾倫的命案痛苦不已。

卡特記得那時有人報了警，被揍得七零八落的他，痛苦的爬到弟弟屍體旁，他握著弟弟的小手，但卻絲毫感覺不到半點溫度。

一直到員警來了，有人試圖分開他們，他也不願意放開。

他看著一位年輕的刑警，皺著眉搖晃著艾倫的身體，查看著他的瞳孔，企圖找出任何一絲氣息，但是最後還是失敗了，刑警深深嘆了口氣，推論了大概的死亡時間。

艾倫死於吸食毒品過量，但沒人知道毒品是怎麼到他手中的，因為就連卡特自己也不知道艾倫最後是和誰見了面。

當一夜醒來，面對他的就只是一具冷冰冰的屍體。

這個案子就在不知道凶手的情況下結案了，卡特永遠無法忘記，米洛不論遇到了什麼事情，都還是一副事不關己的模樣。

就算他的弟弟死在他的地盤，死於他的毒品之下，米洛的父親還是有辦法讓米洛平安脫身。

雖然這些人之後都沒有再聯絡，但是他知道米洛一定可以脫身，他的爸爸絕對會想辦法讓他躲過最大的懲罰。

相較於卡特就沒有那麼幸運了，他所付出的代價不但無比的沉痛，就連他的家人也必須和他一起面對這個沉重的錯誤。

潔西已經哭的泣不成聲。

在發生事件這兩年，她總是在哭。

只要一想到自己的兒子才來到這世界上五年，還來不及給他全心全意的母愛和照顧，他就再也不會回來了，對一個做母親的來說，真的比什麼都還要痛苦。

她對著兒子的墓碑喃喃自語，哪怕只是一點也好，也希望能夠和他有更多的聯繫。

她的丈夫泰勒為她打著傘，說也奇怪，在他們來為艾倫上香這兩年，總是下著雨，這個雨不像傾盆大雨般弄溼了他們全身，反而就像訴說了他們的心境感覺非常鬱悶，眼淚永遠流不完，雨永遠下不完的恐懼。

卡特獨自一人站在他們身後，沮喪又害怕的不知該說什麼。

他記得那時爸媽來接他的時候，他說了幾千幾百萬遍對不起，他們並沒有罵他，哀傷早就吞沒了他們的憤怒，他們看著艾倫冰冷的身體，很難接受這個慘劇。

泰勒想如往常一樣痛扁兒子一頓，但是他看見大兒子被打得不成人樣——他的臉布滿了血和眼淚，甚至過度傷心，一直讓醫護人員無法好好替他上藥。

這一刻，泰勒自覺自己的教育方式出了很大的問題，否則也不會落到這樣的下場。

他看著大兒子，不知道到底是該安慰他、陪他度過這個難關？還是狠狠痛扁他一頓？這兩個他似乎都做不到，最後他選擇了對大兒子不再表達關心。

因此這兩年的日子，他們不再團結。

他們的餐桌上再也沒有笑聲，父母再也不會問關於卡特的近況，艾倫的死讓他們從此變成陌生的家人。

卡特默默離去，他實在無法再忍受這種氣氛，他認為整件事都是自己的錯，如果可以他真的很想代替弟弟死去。

但偏偏老天爺選的不是他而是弟弟，自從弟弟走了之後，卡特發現最大的磨難其實並不是死者自己，而是和死者最親密的家人或者朋友。

艾倫只有五歲，家人就是他的全部，相對的，當他死去最痛苦的也是他的家人，尤其是艾倫的母親潔西，自從兒子走了以後常像斷線的風箏，不知飛往何處。

雨還在默默下著，卡特深吸口氣，每次只要一想到弟弟他的眼淚就忍不住打轉著，與其說是悲痛傷心不如說是愧疚來的多。

他發現不遠處有個小涼亭，決定到那裡休息，恢復情緒。畢竟人在疲倦的時候總是希望能夠坐下來喘氣，現在的他無論身體心裡都受到很大的衝擊。

他坐了下來，雨水有些噴灑到了石椅上，但他一點也不在意，他坐在石椅邊緣，外頭一眼望去全是墳墓，仔細想想，的確有點陰森嚇人。

就在他坐下幾分鐘（坦白說，他也不知道過了多久，腦子空白和傷心的時候時間的流逝已經不重要了，也許五分鐘，也或許半小時。）有個中年的男人正慢慢向他靠近，墓園是公共的地方，總有陌生人在身旁出沒，所以他不以為意。

卡特可以感覺到男人沉重的呼吸聲，那聽起來充滿悲悽。

這裡可是墓園，又不是遊樂場，大部分的人來到這裡心情都是平靜或悲慟的。

男人開始從西裝口袋拿出一根菸，然後接著熟練的將打火機取出，刷的一聲，點著了火，這個聲音吸引了卡特注意，僅管是一個如此微小的聲響，在這安靜又狹小的空間，確實會讓人感到好奇。

卡特轉過頭，發現男人正巧也看著自己，一個年輕的男孩和一個中年的男子，就這樣輕易的搭上線，男人先是對他微笑，基於禮貌，卡特也同樣這樣做。

「最近天氣總是不好。」男人先開口了。

「對啊。」卡特原本想終結話題，男人又繼續說：「這種地方，加上這種天氣總讓人不好受。」

卡特點點頭：「畢竟這裡是墓園。」

「這樣陰冷的天氣，連死人也不好受。」男人咬著菸，迅速將另一支菸遞給卡特，卡特先是搖頭。

他想到爸媽還在附近，如果看到他吸菸，這場面的確是有點難堪。

「謝謝。」他客氣的拒絕：「我不吸菸。」

男人輕笑一聲，他很有禮貌的將菸放回大衣口袋：「我來這裡看我的妻子，」不知道為什麼他講起了他的故事。

真是莫名其妙。卡特心想。

「對活的人來說，回憶往往是最可怕的東西。」男人說：「我的妻子，可惜他生前我無法好好陪伴她，留下的只是遺憾。」

卡特想起了艾倫，他死去的五歲弟弟，他忍不住紅了眼眶。

但沒有太久，弟弟死後，唯一會掉淚的就只有母親，他和父親不是不難過，而是眼淚總是在眼眶中打轉，之後就沒再滴下了。

他總是強忍淚水，就好像掉下淚水，流到他臉頰上的疤痕是一件多可恥的事。

兩年前被米洛一幫人，群毆到面目全非，雖然他還是活了下來，但是他的心早就和弟弟一起死去了。

有時他隔著鏡子看著自己臉上的傷疤，永遠無法抹滅的疤痕就好像艾倫的死，最深刻的痛，在他心中永遠無法消除。

「是的。」他長嘆口氣。

「說吧，」男人像是做了很大的決定：「你是為什麼來這裡？」

「為了我五歲的弟弟，是我害死了他。」卡特感覺臉頰上滑著一道眼淚，這還是第一次。

「沒有誰害死誰。」

「真的是我。」

兩個人默默不語，最後男人開口了：「如果說可以讓你把家人對弟弟的回憶賣給我，你願意嗎？」

「什麼？」卡特以為他在開玩笑。

「對，家人對於弟弟的回憶，」男人這下說得更清楚了。

他瞪大眼睛看著這位眼前陌生男子，如果有人要在這裡錄影，拿這種事整人，未免也太殘忍了。

「你放心，你們還是記得你們有一個弟弟，因為記憶和回憶是不一樣的，你只有記憶沒有回憶，」男人想了想又說：「就像你看小說，你記得這本書寫什麼但你卻不會記得弟弟對你有什麼感覺。」

「就像在看別人的故事一樣？」

「是的。」

「那你要用什麼來買？」卡特問。

倘若這是一場買賣，就必須要公平。

「你想要什麼？」男人抿著嘴脣問：「金錢還是權利？」

卡特搖頭，這兩個都很吸引人，但不是他現在想要的。

「那你要什麼？」男人反問他。

場面這時陷入了一陣僵局，他們相對看了好久，一直到卡特手機響了為止。

卡特邊接起電話，邊又不時注意著身旁的這個男人。

他好慶幸電話在這時響起，這個男人要不是瘋子，就是惡魔，這種訂定契約的事真的只有瘋子和撒旦才會這樣做。

「卡特，我們該走了。」父親的聲音在另一頭，聽起來有些無情。

卡特忍不住想，自從弟弟走了以後，父親對自己的態度就變得漠不關心，其實這樣也好，家裡走了一個人實在沒辦法再維持過去的氣氛。

卡特講完電話，看了看身旁的男人，有禮貌的說：「對不起，我要走了。」

「我知道你想要什麼了，」男人看著他，對他笑道：「你要的是『原諒』，」他就像解開了一個困難謎題般驕傲：「因為你做錯事，想要你的父母原諒你，但是他們卻從來不願意原諒你。」

「你們形同陌路，不再說話，」他說得因為太過真實所以殘忍：「就算他們願意原諒你，你也寧願讓他們揍你一頓把你打個半死。但他們什麼也不做，甚至連責罵你都沒有，就像把你當個外人。」

卡特覺得巨大的震撼從他心頭撞過來，他心痛的說不出話。

這個男人，怎麼能夠如此切確的說出他的痛處？

他的確是最想得到父母的原諒，因為弟弟的死，爸媽和他愈來愈疏離，這讓他不斷在想當初如果死去的是自己而不是弟弟該有多好？

「我很遺憾先告訴你，」男人說道：「有三件事是我無法給你的：死而復生、時間還有愛情，我無法讓死人復活；也無法停止時間或多給你時間，更不可能回到過去。」

他繼續說：「至於愛情，更不可能讓人愛上你，沒有感覺就是沒有感覺，強迫不會有好下場。」

卡特不說話，讓弟弟死而復生這個他倒沒想過，畢竟他已經長眠在六呎地下兩年了。他可不想病態的得到一個臉色蒼白，身體腐爛的弟弟。

「我想我該走了。」直覺告訴自己，這個人有問題，所以他決定先離開。

「沒問題，」男人就像預料他會這樣做一樣：「這是我的名片和聯絡方式。」他從口袋中拿出一張紙條遞給卡特。

卡特禮貌性的接過，說是名片還不如說它是張紙條，上面除了一支手機號碼，唯一的兩個字就是WB，那看起來像是縮寫，但是又看不出來是什麼的縮寫。

「我平常可能無法接電話，但你可以傳簡訊給我。」男人說：「簡訊我一定收的到。」

卡特順口說了聲謝謝，隨手又將紙條放入大衣口袋：「再見。」

然後也不等對方回應，拉緊外套迅速離開。

這個詭異的人加上這個場合，甚至整個氛圍，都讓人緊張不已。

新家

我敢打賭這房子起碼有之前舊家的兩倍大以上，真搞不懂華倫斯企業幹麼給我們這麼大的房子？我們把所有東西堆放出來，都還沒有占據這新家的四分之一耶。

等到搬家工人將東西一箱又一箱放好時，父親邊清點邊簽字：「辛苦你們了。」之後又交代我：「卡特，麻煩你去附近商店買些啤酒給大家喝。」

他一說完，那些搬家工人馬上發出一陣狼嚎，算是感激也算理所當然。

我接過父親的錢，「動作快一點，差不多要搬完了。」

「是。」我打開門，慌張的回頭，正準備起跑出門時，迎面撞上一輛懸空的腳踏車：「這個要放哪裡？」對方倒是一點也不覺得抱歉。

我和父親望著腳踏車，那是艾倫的三輪車，「那就，」父親看起來就像隨便指了個空位：「那邊好了。」

「好。」那傢伙滿臉鬍渣和三輪車挺不搭嘎的。

就連放下來的那一刻也讓人彆扭，真是莫名其妙，這輛車到底是怎麼來到這裡的？照理來講，和艾倫有關的東西除了相片和一些證件或者有紀念價值的東西，爸爸應該都收好了，其他像玩具或這類大型家具通常也是被處理掉了。

我偷瞄了一眼父親，他對著三輪車發愣，就像是他也搞不清楚為什麼這東西會被丟在這裡一樣。

還好母親在外婆家，不然看見這輛車鐵定又失聲痛哭。

「卡特，」爸爸又叫住我：「買完啤酒回來，順便把這輛車拿去附近垃圾場丟掉。」他的眼睛還是盯著車看。

「我知道了。」我確定他根本沒在聽我說話。

傍晚，媽媽從外婆家回來，她一臉倦怠的看著我們，自從弟弟死了之後，她就再也沒有打起精神過了，有時問她些什麼，大部分的時候也都有氣無力。

「搬家公司今天都搬好了，晚點就可以歸位了。」爸爸的口氣聽起來不像是和老婆交談，反而像是和上司報告。

媽媽漠不關心的看了他一眼，默默點頭之後，低頭扒了幾口飯，就不再說話了。

對於艾倫的死，她總是充滿哀傷和無奈，就好像非得這樣做不可。

艾倫已經死了兩年，當初也因為這原因，我們晚搬家兩年，我們總是欺騙自己母親的狀況好轉多了，但其實我們一點也感覺不到她有任何好轉，日子總要過，就像我，這輩子都得揹著害死弟弟的陰影而過。

想到這裡，我就想到上個週末在墓園遇到的那個男人，如果真有這回事，其實對母親，對我，又何嘗不是一件好事？

我們並沒有忘記弟弟，我們只是刪去了那段對他的回憶，這樣我是不是有更多心力去照顧母親？

爸爸拿著髒碗盤起身到流理檯，自從弟弟死後，媽媽再也沒辦法好好做家事。

偶爾她想要打起精神來拖地，到最後也是有氣無力躺在沙發上，所以家事就變成了我和爸爸分擔。

有些家事是可以維持的，例如吃過的髒碗盤就我們自己洗，或者浴室的毛髮和水漬則是每次洗完澡時再自我清理一次。

我們在家變得不常交談，只是偶爾會有一些命令式要求語氣，通常都是爸爸對我說：「晚一點幫我把東西都歸位。」他背對著我洗碗，就好像不是在對我說話。「好。」我強壓著悲傷回答，但不是因為要做事而難過，而是不知道家裡的狀況到底何時會好轉。

一開始爸爸還會鼓勵媽媽多做些團療，但是效果有限。接著他們又想靠著宗教的力量，但是一切卻又不如預期，每件事每個環節總會影響到母親對弟弟的思念，所以我們總是在避免每個話題，每個物品，還有每個回憶。

回憶！

這讓我又想到了墓園的神祕男人，我邊想邊將碗盤收好，母親依然在吃，只是吃得很慢很慢。

其實她的胃口現在變得很差，也瘦了好幾公斤，有時真不知道這條路要走多久，這就好像你搭上一輛公車，司機也不願意告訴你開往何方，只是漫長的開。

你很確定時間會過去，但是你卻改變不了任何事，我常在想，如果媽媽就這樣一輩子，我該怎麼辦？我知道我最該背負這個痛苦，但我還是有點力不從心。

叮咚！

我起身開門，開門的瞬間被一個老太太嚇了好大一跳。

我沒看過頭髮那麼長那麼白的女人，至少現實生活中沒有，她穿著一件藍色大花洋裝，那個洋裝看起來不但破舊，甚至有點過時。最吸引的，莫過於她的白長髮，她彎著腰似乎好一陣子不曾挺直過。

在白髮底下充滿了歲月痕跡，「是你把這個破三輪車放我家門口嗎？」她瞪大著眼看著我，我差點沒嚇死。

她看起來簡直就像中了巫毒，詭異恐怖。

母親一聽到「三輪車」，就像是從夢中驚醒，然後朝我們這邊看來，我不確定她到底有沒有看到三輪車，但是卻突然歇斯底里大叫起來。

在場所有人，除了這位白髮女人，都陷入了焦慮。

「我不是告訴過你，把腳踏車丟掉嗎？」爸爸對我大吼起來。

他很久沒對我這樣吼了。

「我有啊！」我連忙替自己辯解：「我真的有丟掉啊。」

「你他媽到底丟到哪裡？」他的聲音更大了。

母親開始大哭起來，整個人淚流滿面，

墓園涼亭

我喘著大氣來到和陌生男子相遇的涼亭，那個男人已經在涼亭裡坐著等我了。

他看到我，就像看到了久年不見的老朋友一樣，連忙站起身，就差沒有給我熱情的擁抱。

「我想清楚了，請你讓我把回憶賣給你吧。」

他點點頭，只是微笑：「你真的確定嗎？」

我點頭點得更用力、更篤定了，這樣的生活我再也過不下去了。

不過就是買賣回憶而已，我又不是會忘了艾倫，我真的受不了這一切的壓力了⋯⋯

「如果可以請買走我們的回憶吧。」

「這樣很好這樣很好，」眼前這個男人總是不帶有太多情緒。

這一刻，我突然有種感覺，他是強壓住自己的情緒，雖然看不清楚他的臉，卻可以感覺到他異常興奮，他的動作，他的喃喃自語，我全都看在眼裡。

我突然想到，在昨天我傳簡訊跟他約好要把回憶賣給他之後，又馬上打給吉娜。沒辦法，這種事真的太瘋狂了，我得要找一個人來說。

「你真的確定他不是瘋子嗎？」果然，吉娜在電話另一端似乎想好好指責我：「買賣回憶耶，這不是只有瘋子和惡魔才會做嗎？」

「我知道啊，但是我真的走頭無路了，每天跟我家人這樣相處，我真的不知道該怎麼辦，」我的聲音哽咽：「就算對方是惡魔好了，我們也是雙贏啊！他要回憶，而我不要回憶，各取所需。」

「好吧。」吉娜大概也知道無法說服我了：「那你答應我，你得要開一個條件給他。」

「什麼樣的條件？」

「你必須要告訴他，你可以把回憶拿回來。」

「拿回來？」拜託，我丟掉都來不及了。

「對，卡特你相信我，你一定要留最後一筆給自己好嗎？」吉娜苦口婆心勸我：「因為你根本不了解對方是什麼樣子的人啊。」

我沉思了一會兒：「好，我知道了。」

男人從西裝暗袋拿出一張紙和一隻筆，雖然我看不清楚他帽沿下的臉，但我依然可以感覺他內心充滿了喜悅，他舉起筆看了一次又一次準備簽名時。

「等，等一下。」我發現我的聲音是顫抖著。

男人垂下手，聲音冰冷到就算看不到臉，也讓我覺得我好像壞了他的好事：「怎麼了嗎？」

我可以感覺到他似乎很擔心我隨時會變掛：「你後悔了嗎？」

「不！」我搖頭：「我想再加一條契約。」

他聽了只是點頭暗示我說下去。

「我要能夠把我和家人的回憶拿回來的權利。」我感覺我的聲音在發抖，雖然我一直努力不讓自己看起來太緊張。

他移動了一步，接著大笑了起來：「我以為你再也不想要了呢！」

我可以感覺他的笑聲並不是發自真心，但我還是鼓起勇氣搖頭：「誰知道呢？人不是就是這樣嗎？當不是你的的時候，你就越想得到啊。」

他沉思了好一陣子，才又開口：「好吧！那我再加一條：你可以在三天之內要回你的回憶。」

「只有三天？」我真不敢相信竟然只有三天：「萬一我第四天後悔，怎麼辦？」

現在買東西都有七天鑑賞期啊。

「那是你自己的問題。」

「那我不給你了！」我忍不住大叫起來：「你休想拿走我任何回憶！」

我雖然看不清他的臉，但是我可以感覺他非常的錯愕。

接著放聲大笑起來：「你以為我非得要你的回憶不可嗎？」看起來像是因為把我玩弄在鼓掌之間，而沾沾自喜。

「現在狀況不是這樣嗎？」我因為太緊張說話都破音了。

我想到吉娜昨天提醒我的話，這東西是我要給他的，就算我內心再怎麼不想要，我都不可以表現急著要脫手的樣子，讓對方覺得充滿破綻。

「好吧！那你自己說要幾天？」

「二十天。」說完我馬上後悔，也許我應該說個十年的，不然一年也好。

二十天是什麼鬼期限啊！

我真的很痛很自己！

「好啦！二十天就二十天吧！」他顯得焦慮不安，隨手又寫上了這條條文。

「等一下。」我鼓起勇氣又繼續說：「如果我真的要回我的回憶，我要怎麼做？」

他又忍不住大笑起來，笑聲布滿整個墓園，聽起來格外詭異：「我只能說你沒我想像中的笨！」他拿著筆敲著契約書：「這樣吧，我們來玩個遊戲。」

我覺得我的表情鐵定是一臉疑惑，但我馬上收回痴呆的表情：「什麼遊戲？」強作鎮定的問。

「我就給你二十天的期限，但是二十天之內你如果不知道我是誰，並且沒找到我要終止契約，你就永遠無法拿回你和家人的回憶。」

「可是，」正當我想繼續問下去的時候，他馬上阻止了我：「不要再可是不可是了！」他大聲斥責我道：「回憶是你要送我的！我大可不要接受你這份禮物！」

「好吧。」我彆扭的回答，內心卻極度充滿揣測和不安。

不知道這樣改變是不是對的，但至少我的確是做了些什麼。

一想到昨晚母親的痛哭，還有父親的責罵；我深吸一口氣，不管結果怎樣，總比什麼都不做好。

「那你想我用什麼買你們家的回憶？」他明知故問。

「原諒。」我吞吞吐吐的說：「我希望家人原諒我。」

他想了想，接著說：「這有點困難，但應該不會有太大問題。」

接著他開始又再契約書上加上幾個字，然後將契約書遞給我。

本契約由本人和李卡特先生於二零一五年七月二十日簽訂，共一式兩份，由雙方簽訂後各執壹份為憑。

李卡特先生將授權李泰勒先生、楊潔西女士以及李卡特先生此三人對於李艾倫回憶給予本人。

本人負責讓李泰勒先生和楊潔西女士不再指責且原諒李卡特先生對李艾倫的疏失。

若李卡特先生反悔，本人將給予二十天寬限期，讓李卡特先生擁有充足的時間，能夠查明本人的真實身分，並告知本人取消契約。

若李卡特先生無法二十天內找到本人，此合約將終身有效。

李卡特先生必須要親自查明真相，不得經過他人直接給予答案；否則契約將終身有效，李卡特先生一家也無法取回李艾倫回憶。

本契約一式兩份，雙方簽名後第二天起生效。

「為什麼是本人？不是你的名字？」我問。

「你當我呆子嗎？」他似乎對我這麼問感到愚蠢：「我如果寫名字是要等你來追我嗎？」

我聳聳肩，繼續問：「那這句李卡特先生必須要親自找出真相，不得經過他人直接給予答案；否則契約將終身有效，李卡特先生一家也無法取回李艾倫回憶。」我照著條約念：「是什麼意思？」

「意思是你要知道我是誰，就必須要自己去查明真相，而不是經由別人告訴你，懂嗎？」他開始有點不耐煩了。

「我還有一個問題。」

他沒回話，我只好繼續說：「你為什麼知道我全家的名字？」

「你問問題的時候，最好三思、小心，」看來他真的有點發怒了：「很多事情不需要你親自告訴我，我都知道，你如果懷疑這場賭局，我們可以不需要再玩下去。」

我對於他不想告訴我，有點疑惑，他只好繼續說：「今天我的真實身分是誰一點也不重要，重點是我可以幫助你！」他指著我的鼻子：「我向來對小孩沒有耐心，你如果還要繼續生活在這樣的家庭環境，我可不勉強你。」雖然看不清他的臉，但是他的憤怒完全表露無疑。

他這些話，讓我想到前幾天艾倫的腳踏車突然出現。

「好，我簽。」他遞出筆給我，情緒稍微緩和了。

我接過筆，發現他的筆是非常高檔的名牌鋼筆，但我一點也不驚訝，如果他拿十五元的原子筆給我簽名，就顯得不夠正式。

他也簽好了字，給了我其中一張契約。

我看了一眼，果然他還是簽上了「本人」兩個字，我忍不住又問：「本人這個簽名有效嗎？」

他正在把契約收回自己的西裝外套裡：「名字只是代號，這個契約是以你為主，我的名字根本不重要。」他看起來心情很好。

「接下來你就會恢復原本的生活了，我們最好不要讓人發現我們彼此認識，我走了之後五分鐘，你再出墓園。」他極力隱藏自己的情緒：「再見。」

接著他快步走出涼亭，消失在我的視線裡。

我一回到家，馬上就發了瘋似的衝到倉庫，媽媽還在外婆家（自從弟弟走了之後，我們習慣不要讓她一個人在家。）爸爸也還在上班。

只有這不到一小時，家裡是沒人的。

我打開一個牛皮紙箱，上面是爸爸用奇異筆寫著艾倫兩個字，這兩個字顯得很陌生卻又對我們有特殊的意義。

我小心翼翼的，將箱子打開，深怕劃破任何東西，箱子外面充滿了灰塵，但我不以為意，我反而深吸一口氣，想知道我的契約到底有沒有達成。

我打開紙箱，這個箱子自從艾倫走了之後，我們就不再碰觸這個箱子。

箱子留下來總是給我們很大的壓力，但不丟掉一定又會覺得懊惱和悔恨。

我先拿出艾倫的照片，艾倫的笑靨才和我四目交接了幾秒。

接著，我馬上想起那晚他冰冷的屍體，還有他淒厲的哭聲。

我感到有些暈眩，爾後我立馬發現自己的眼眶泛著淚，眼淚不斷的流下，這份悲傷感連我自己都嚇了好大一跳。

我以為我不會哭，但我卻難過的不得了，我說不上是艾倫死了讓我難過，還是我太愧疚而難過。

我覺得痛苦不堪，嚎啕大哭起來。

那一天早晨的情景不斷在我腦海中上演，搞得我想嘔吐，我感覺我的手微微顫抖，我又一次領悟到艾倫的死對我有多真實有多可怕。

搞得我久久無法自已。

接著我突然聽見客廳鐵門的開門聲，這個聲音讓我馬上拉回現實。

是爸媽回來了！

為了怕爸媽看到我這個樣子，我連忙將所有艾倫的東西全放回箱子，然後快速離開倉庫奔向自己房間。

我迅速關上門，連招呼也不打。

只是喘著大氣，邊喘氣邊哭著，我不確定爸媽有沒有看到或發現我異常的行為，就算他們發現了也不會說什麼。

現在這個家，每個人都像刺蝟一樣緊張又謹慎，深怕一個不小心刺到了自己，更怕刺傷了別人。

我努力壓下自己的浮躁，等到我心情總算稍微平靜了下來，想起自己簽的契約，突然覺得自己很愚蠢，竟然會相信童話故事裡的情節。

「那個鬼契約根本沒效。」我忍不住傳訊息給吉娜。

一方面我有點失落，因為我又必須揹著這種傷痛走下去，而另一方面我卻有點高興，至少我沒忘了弟弟，只是我現在傷痛大於這種思念，我感覺不到任何喜悅感。

契約第一天

一大早起床，我望著手機裡倒映的自己，看見一雙浮腫的雙眼。

只要一想到艾倫我就想哭，「回憶」真的是很可怕的東西，昨天晚上我整晚睡不好，滿腦子都想著艾倫，想著我虧欠他的總總。

我也不知道自己何時睡著了。

早晨，我在床上聽見外面吵雜的聲音，以為是電視聲，但是認真一聽才發現，那竟然是廚房的聲音。

正當我覺得奇怪的時候，房門被打開了。

就在我還沒反應過房門怎麼會被打開的時候，烤麵包的香味飄到我房間來。

「李卡特，你真以為放假可以睡到下午嗎？」媽媽圍著圍裙，站在床邊看著我：「快點起床，就算放假也要早點起來。」

我噓應一聲。

「我為你做了早餐。」

「好啦！」

等等，媽媽為我做了早餐？她已經兩年沒為我做早餐了！

我馬上從床上跳起來，然後看著她。

她還是一樣消瘦，但精神真的比原本好太多了。

「我昨晚睡得很好，一早起來，我的腦袋得到前所未有的輕鬆。」

如果我什麼也不知道，應該會以為她在自欺欺人或加入什麼邪教，但因為我什麼都知道，所以我不覺得奇怪。

她的表情很滿意但是也很疑惑，我不打算說出真正原因。

我開始回想艾倫的一切，發現我一點也不難過，那是一種很特別的感覺，你明知道有個家人叫艾倫，但對於他的死、你失去了他，卻一點想法也沒有，很像是時間沖淡了一切，艾倫的一切他的笑聲，他的單純，還有他的死，全都沖淡了。

我馬上起床，並且對媽媽說：「我想一切都過了。」

她點點頭：「你快點起來準備吃早餐，都高三了還這麼懈怠，怎麼考上好大學？」

媽媽已經很久沒這樣念我了，我突然很想念這種感覺，我強忍淚水：「好啦！妳先出去啦！」故意表現的不耐煩。

媽媽走出房門，我的眼眶馬上紅了起來，我倒在床上，眼淚開始無法控制，這種情景、這種場面，我真的很久沒有感受到了。

我以為再也沒機會體會了。

有一種開機重來，一切都過去的感覺，於是我起身，換好衣服將自己梳洗好，走出房間。

爸爸站在餐桌旁講電話：「渡假村一定會虧本，但是我們又有什麼辦法？」他的語氣非常憤怒：「要不要繼續經營下去，全靠他決定，我們一點辦法也沒有。」

我在餐桌前坐下，媽媽正在吃早餐，看到我先指了指爸爸，然後暗示我安靜：「你要冰牛奶或果汁嗎？」她輕聲問我。

我點點頭：「果汁好了。」

這時爸爸把電話掛斷：「我真是快被那些沒腦袋的人搞瘋了。」他也坐了下來。

這讓我很懷念，因為我已經很久沒看到老爸火爆的脾氣了，過去兩年，他總是不和我多說兩句話，也不抱怨任何公司的事。

「怎麼了？」媽媽遞杯咖啡給他。

「靠近孟特爾市附近的渡假村已經開了，」他喝了口咖啡繼續說：「之前我就提過那裡交通不便，不可能有人會來。」他講得非常果斷：「誰會特別想要去一個交通不便又昂貴的地方？」

「也許會有吸引人的地方，」媽媽回答：「環境啦，食物啦，任何有可能吸引人的地方。」媽媽很難得說了這麼多話。

「我不知道。」爸爸說：「總之董事會同意繼續建造下去，企畫不中斷，」他看著我說：「反正不管怎樣，公司如果虧本了，再裁員不就好了嗎？」

我聽了連忙點點頭。

天啊！我現在正在像從前一樣，和我的家人一起吃早餐聊天嗎？就算少了艾倫，我們還是可以很愉快的聊天，並且和彼此討論內心的想法嗎？

這和昨天相比，真的讓我覺得非常不可思議。

「我念到大學畢業到底有什麼用啊！」爸爸看著媽媽說：「公司叫我往東走，我哪敢往西？」

他想了想又說：「不過，我還是希望你可以上間好大學，」這些話當然是對我說：「雖然我一直抱怨工作，但至少我是坐在冷氣房，我的薪水足夠養活你到出社會。」他加強語氣說：「暑假過後不是就高三了嗎？不要讓我失望。」

老爸又恢復了以往的嚴厲，老實說，我真的滿想念這種感覺。

我知道如果是以前的我，我一定無法接受老爸這樣對我說話，我會覺得他就是刁難我或看我不順眼。

但過去兩年，我們的生活模式起了很大的衝突，我們不再說話，也不像家人，有時我覺得我們比合租房子的室友還更加冷漠。

「好。」我感覺我的鼻子有點哽咽。

「孟特爾高中比你原本的高中好太多，要不是因為我在華倫斯企業工作，你根本上不了。」爸爸說：「你到那裡就高三了，你一定要再努力。」

因為艾倫的事，第一年我被勒令停學，還好因為我沒有涉及毒品，所以第二年我就回去原本高中讀高二，之後，也就是現在暑假，我們搬到了孟特爾市。

某些涉及毒品的人，全都進了勒戒所，我不知道他們出來了沒有，總之那些人，除了吉娜，我全部都沒和他們聯絡。

吉娜是因為艾倫死後，她總是給我很大的支持和幫助，雖然我後來離開了，但是我們還是會常常聯絡，分享對方的狀況。

「好，我知道了。」我說：「我會好好用功。」

我真的打算這麼做，因為我感覺我的人生又重來了；一方面我很高興，一方面我很震驚，原來「家庭」對我的感受力這麼大。

等爸爸出門上班之後，我就幫媽媽打掃一下房子。

她對我說謝謝，還誇獎我是一個好兒子。

這種舉動讓我又想哭，過去兩年我做什麼，她都不願意和我多說兩句話，當然更別講謝謝了，我們甚至還利用午飯時間，一邊看電視一邊聊新聞，這種感覺就好像艾倫不曾死，甚至可以說，艾倫根本不存在一樣。

「契約真的有效！我終於可以和爸媽好好說話了。」我當天傳了訊息給吉娜，接著我就很滿足的睡著了。

這是歷經艾倫的事兩年，我第一次睡得這麼安穩。

第二天

因為這是難得的「重新開始」，所以我決定要改掉我的缺點，並且全心全意投入在課業裡。

但是在家裡真的要認真讀書太難，所以我決定要到圖書館讀書。於是在早餐過後，我就在背包裡放總複習的參考書，還有鉛筆盒，騎腳踏車到家裡附近的圖書館，大概約十五分的路途。

重新開始是好的，我當然也希望繼續維持。

我突然很感謝買走我回憶的男人，雖然吉娜還是覺得他是一個惡魔撒旦。會買走別人回憶的人，的確不會是太簡單的人物。但是至少他給了我重生和改過自新的機會，不管他是誰，不管未來怎樣，我對他是充滿感激的。至少現在是。

我踏進圖書館，沒想過自己會來到這個地方，我當然有來過這裡，但是已經好幾年沒有進來過了，圖書館和我之前的論調不太符合，以前我總是想鬼混，功課也是低分及格就夠了，得過且過，過一天算一天。

但是現在我不一樣，我感覺到重生，全新的自己。我要好好讀書考上大學，然後找一份不錯的工作，就是這樣，很多事情必須要懂得追求，要對人生有目標，生活才會快樂有意義。

以前我在米洛的毒窟甚至是過去失去艾倫的兩年，我過得很渾噩，我不知道自己為什麼努力，對家庭的狀況和自己的未來充滿不安。

現在全部都沒有了，現在的我又恢復到以前沒有煩惱，和一般家庭小孩的日子，對小孩有所期盼的爸媽、能夠討論事情的家人。

我知道這樣順利的結果，或許我應該要對艾倫愧疚，但我實在是不想也不願意，我想是因為契約的關係，對於艾倫的死，我開始變得不在意。

我不知道這樣到底對不對？也不知道一般人在碰到類似問題，他們怎麼解決。

但是至少我現在過得比過去兩年還要開心，那種愁雲慘霧，家庭失去的向心力，真的非常可怕。

我想就因為我失去過，所以我決定要好好計畫我自己的未來，還有和爸媽的關係。

用功讀書，對他們來說是最直接的貢獻。

我坐下來，開始拿出參考書在看。（我認真讀書的樣子和心態，如果是以前的我看到了，鐵定會驚嚇的說不出話來。）

我一直讀到快傍晚，因為肚子不太餓，所以午餐我也沒有吃，就繼續讀書，有些學生他們會呼朋引伴出去吃午餐，打算回來再繼續念，也有人就是計畫念到中午，下午就沒再看到人了。

「同學，你這樣不能借這本書喔。」我聽到櫃檯阿姨說。

我抬起頭看到櫃檯另一邊站著一個和我差不多年紀的男生，估計應該也是高中生，他的瀏海有點過長，看起來不太有精神，而且又有點駝背，感覺沒什麼自信。

「可不可以借我一天，我明天一定拿來還。」他怯弱的問。

「不行啊，」阿姨壓著太陽穴，好像對這一切發生非常驚訝：「你有沒有證件？我可以馬上幫你辦一張借書證，你就可以借了。」她試著好聲好氣。

「沒有。」他頭也不抬：「我保證如果你讓我帶回家一天，我一定會拿來還。」

「這是規定啊。」阿姨很無奈。

大家都在看好戲，紛紛都往櫃檯的方向看，這年頭不知道圖書館借書要用借書證的人，真的是少之又少，就連我這種不愛看書的人，也知道在圖書館借書要用借書證。

不知道這個人是不食人間煙火？還是腦子有問題？

我偷偷注意他，發現除了有點鬱悶以外，他看起來似乎是沒有太大的問題，生活白痴愈來愈多，但親眼看到還是很不可思議。

「拜託妳，」他哀求道：「這本福爾摩斯小說我找了好久，終於被我找到了，我一定要看。」

「那你就在這裡把他看完。」阿姨說。

「可是，我等下還有事，我晚上一定會看完，明天早上拿來還。」他說。

「不行。」阿姨嘆口氣。

我不知道我是怎麼回事，但人總是會做一些他自己也沒想過的事，我想也許是因為艾倫的事告了一段落，我真的太開心了。

我看到這個男孩的處境，他的堅持和為難，竟然起了憐憫之心。

我的意思是，就算他不拿來還，我自己再付錢買這本書就好了嘛。一本書也才多少錢？

雖然處境完全不同，但我了解他這種想要卻無法改變的心情；我也不覺得會想在圖書館帶一本《福爾摩斯》小說回家，是有什麼錯的？

當下不知道為什麼，我竟然起身走到櫃檯，然後就在他快要放棄的時候，我拿出我的證件：「不好意思，可以幫我辦借書證嗎？」

阿姨接過我的身分證，她看起來似乎很感激我替她打破了這個僵局：「好，請等一下。」她還偷偷得鬆了口氣。

男孩拿著書，充滿懊惱，他不得不把手上那本小說放回櫃檯上。

「你想看這本書嗎？」我問。

他點點頭，不願意多說什麼：「沒關係，算了。」聽起來像是對自己說。

「小姐不好意思，我要借這本書，」我把他放在櫃檯的小說拿給阿姨：「謝謝。」

他們全都驚訝的看我。

應該是說，整個圖書館的人，全都驚訝的看著我。

「喔，好。」阿姨接過書，刷過條碼。

然後將書給我：「旁邊有個日期章，那是還書日期，記得要蓋。」

「謝謝。」我點點頭，順手也蓋了日期章。

然後我將書拿給男孩：「就是這麼簡單，」我說：「你可以拿回家看了。」

他驚訝的說不出話，不斷向我道謝，雖然我一點也不了解這個人，也不認識這個人，我卻有一種，他應該不會想不還這本書的感覺。

「謝謝你。」他接過書，向我道謝：「我明天就可以拿來還。」

「沒關係，現在這本書已經被我外借了，你要借多久都可以。」我回答。

他想了想，似乎很高興：「那一個星期好嗎？一個星期之後我一定會拿來還。」

其實我本來以為他會看更久，但我還是點點頭同意了。

「真的很謝謝你。」他說：「你幫我這個忙，我不會忘記的。」

我從沒被一個人這麼感激過，感激到讓我覺得——這不光是一本小說而已。

「下個禮拜，」晚餐時，爸爸宣布：「我們要去華倫斯渡假村住一個晚上。」

他也不等我們反應，只是自顧自的繼續說：「公司開放部分員工和家人住一個晚上，第二天早上要剪綵，當天還會有記者來。」

「是你負責剪綵嗎？」我問。

「當然不是，」他似乎還是對渡假村充滿不滿：「是華倫斯企業的董事長，還有渡假村的經理。」他喃喃自語：「我可沒那麼偉大。」

「只是去住一個晚上而已，」媽媽說：「就當作全家旅行。」

在講全家旅行的時候，我又想到艾倫，如果他在應該會很開心，不過我也只是想到他而已。

契約發揮了效用，我一點也不難過；當然更不可能會想：「如果艾倫也在這，會有多好。」這種想法。

「對，」爸爸說：「我替我們全家報名了。」

如果是以前的我，一定會非常討厭他的自以為是，更會生氣他擅自主張替我報名，然後還會反問他：「我有說我要去嗎?你怎麼可以這樣隨便替我決定。」

但是發生了這麼多事，我又重回對家庭的認知和感覺，我完全不想破壞這層關係，所以我只是點頭，表示同意。

第九天

華倫斯渡假村，看的出來是一個高品質規格高價格的渡假村，一進鐵門就有很大的標誌，上頭還燙金寫著：華倫斯渡假村，歡迎你！

有別於不一樣其他渡假村，看起來比較像高消費的休閒場所，當然也看不到什麼卡通人物，裡頭全都是成人的消費和活動──高爾夫球，游泳池、SPA等，就連餐廳看起來也是走高價位路線。

服務生會先問你要吃魚還是雞？如果你吃素，他們也會另外為你準備精緻的菜色，這個地方就連地瓜和玉米筍也很值錢。不但紅酒十分講究，就連杯子裡的水也不馬虎──不是法國礦泉水就是氣泡水。

每上一道菜服務生就像受過專業的訓練一樣，將每道菜的始末都解釋給我們聽，我表面認真聽，但是眼睛卻盯著盤子：每次都來一點點，我真的可以吃飽嗎？

但其他人好像根本沒有這個問題，大家看起來都吃得優雅且心滿意足。

就在上了精緻又冰涼的甜點的時候，有個我不認識的男人，他從餐廳大門走進來，他穿著西裝，恭恭敬敬的和大家打招呼：「大家好，我是華倫斯渡假村的經理杜傑克，」突然有人發起了歡呼。

他鞠躬之後又繼續說：「謝謝你們熱情參與明天的剪綵活動，也謝謝你們，因為有你們才有今天的渡假村。」然後他拿了服務生遞給他的酒杯：「我先敬大家。」大家也拿起杯子回敬他。

不過我沒有回敬，因為我發現爸爸跟媽媽並沒有要舉杯的意思。

杜傑克就在最靠近自己那一桌坐了下來，並且開始愉快的聊天。

餐廳不算太大，但我們距離他大概有四桌，我很慶幸我不是坐在他前面那桌，因為我真的不太想和他交際說話。

「你知道，」和我們同桌的史丹小聲對爸爸說：「聽說杜傑克是董事長死去妻子的小舅子，所以才會有這個渡假村。」

爸爸吃下最後一口甜點，面無表情的回答：「我知道，所以我剛才沒有舉杯。」

我這時才想到，史丹也沒有舉杯，原來公司也會搞派系，還有排擠人的小團體。

「當初董事長夫人死的時候，董事長連自己老婆最後一眼都沒去看，後來他小舅子堅持是董事長害死自己的妹妹，就要董事長賠償，最後才有這個渡假村。」史丹又繼續說：「因為這是小舅子的願望，他為了塞小舅子的嘴，只好拿了一些錢出來了，不過這對他來說都是小錢啊。」

「畢竟是華倫斯企業開的，一些政商名流，應該還是會慕名而來吧。」爸爸回答：「如果賺了錢，企業也不吃虧；如果虧了錢，再把我們這些人裁掉，換一批願意做事、薪水低、沒有想法的新菜鳥就好了。」

「不會有人換掉你。」史丹說：「公司不能沒有你。」

爸爸聽了冷笑一聲，然後舉杯向史丹道謝：「公司也不能沒有你。」

史丹也回敬了老爸一杯，接著他看到我，好玩似的問我：「你也要一杯嗎？」

我還沒說話，老爸馬上說：「一杯什麼啊？」他瞪了我一眼：「喝水就好了。」

我點點頭，不知道為什麼竟然馬上乖乖拿起自己的杯子喝水。

「不要對他那麼嚴格啦。」就在我喝完水的同時，我聽到史丹說：「年輕人不要讓他太拘束。」

他如果知道我兩年前過的是怎樣的生活，每天看的是怎樣的光景，我的弟弟因為誤食毒品而死，我想他應該不會再說這種話了。

「你知道董事長也有一個兒子，跟你兒子一樣大。」史丹看著我說：「應該是高三。」

「我有聽說，好像是唯一的繼承人，但我從沒看過。」爸爸說。

「對啊，沒人看過，畢竟他連自己老婆最後一面都沒見到了，又怎麼可能關心兒子。」史丹回答。

這時我突然想到，爸媽也沒看到艾倫的最後一面，就連我也沒有，還好有契約，所以我們對這件事一點也不難過，就只是腦子輕描淡寫一些，輕到讓人有種「根本沒發生過」的錯覺。

這些餐廳的人包括史丹全是我們搬來孟特爾市爸爸才認識的人，所以沒有一個人知道艾倫的事，大家都以為我是獨子。

這樣其實很好，至少不會有人重複強調艾倫的死有多可憐，還有多麼可惜；因為我們已經不需要太多的同情和憐憫。

我從浴室走出來，頭上披著浴巾，華倫斯渡假村的房間也很大，足足給了我們一家兩張KING SIZE的床。

房間還分上、下兩層，各有一張床，浴室更不用說了，簡直是我家廁所的三倍大，打開房門還有一個小客廳，客廳有些簡單的家具，沙發、電話、電視。

媽媽坐在沙發上轉著電視：「洗好啦。」他看著我，輕聲對我說。

「對，」我輕輕在她身邊坐下來：「它的沐浴乳是你常用的牌子，」我發現電視轉的很小聲，後來才注意爸爸在另一頭的電話旁講話。

所以我也放低音量：「就是歐牌的。」

「真的嗎？」媽媽有點驚訝：「果然是華倫斯渡假村，」她想了想又說：「冰箱裡有好幾瓶國外的水果氣泡水，」然後又指著比較靠近爸爸的小桌：「那裡放著膠囊咖啡。」看起來好像是在跟我交換情報。

「浴室，」我倒吸一口氣：「是我們家三倍大。」故意說的如釋重負。

媽媽笑了起來，但是她連忙又克制自己的笑聲，因為爸爸正在講電話談公事，當他在講電話時，我們總是降低自己音量。

「妳覺得會有人想花大錢來住這裡嗎？」我問她。今天聽到史丹說，這裡一個晚上要價一萬多快兩萬元，我知道這裡很棒，但還是覺得不可思議。

「會啊！一些明星和政商名媛都會來，這裡很隱密，他們很在乎隱私權。」我點點頭：「要不是我晚餐有看到爸爸的同事，我應該會以為今天晚上只有我們這一家的人來住。」

晚餐過後我去了健身房還去了桑拿室，根本沒看到半個人。

「我剛剛在SPA也沒看到什麼人，只有一、兩個。」媽媽邊伸展邊回答我。

「好，我知道了，」爸爸用肩膀夾著話筒：「等等，我拿個紙跟筆。」然後順手在電話旁拿了便條紙和飯店的原子筆：「好，你請說，」他認真的抄著筆記：「好，知道了。」

當他掛掉電話時，發現我們正在看他，於是他倒了杯水，也走到沙發前坐下來：

「明天早上董事長要來剪綵，還有一些記者也會來。」他看起來很疲倦，然後從口袋拿出皮夾，順手將剛才抄的紙塞進皮夾裡。

他將皮夾丟到桌上，開始鬆領帶：「我想先洗個澡。」

媽媽聽到了馬上站起，起身幫他去拿換洗衣物。

「你今天去了哪裡？」他問我。

因為這一整天他還是在辦公，偶爾和我們在渡假村裡散步，但是散步途中當他的手機一響，他馬上又要回去渡假村員工辦公室繼續工作了。

我從不知道爸爸做什麼，只知道他很忙，他也很常出差，不過這都是在艾倫過世之前的事了。

自從艾倫死了以後，爸爸就不再忙到很晚才下班，他習慣將工作拿回家做，有時做到很晚，第二天一大早他會帶媽媽去外婆家，自己再去上班。

當然更不可能出差，基本上他不在家的時間，絕對不會超過二十四小時。

「去健身房還有桑拿，」我勉強想了個評論：「很大很乾淨。」

他的表情沒有笑，其實老爸很少對我笑，但他是不是高興，其實相處久了也是看的出來。

「全都是一些吸引有錢人傻蛋來的娛樂。」他說這句話時，我知道他覺得自己挺幽默的。

第十天

來了大批媒體記者，他們坐在渡假村的廣場前，昨天這裡還只是一塊大空地。

現在不但有條白色蕾絲桌巾長桌，就連旁邊的椅子看起來也是經過精心設計——椅子上掛著白色蕾絲椅套，完全和長桌合成一組。

長桌上還有點心和小禮物。

好像一瞬間變出來，真的很神奇。

我好奇的到處張望，四處走走，大家都很忙，媽媽還在房間休息，大部分的員工家屬都在自己房間休息，只有少部分在現場走動。

我沒看到爸爸，就算他看到我，也沒時間理我。不過我倒是一眼就看到了史丹，他的頭有點禿，實在很難不認得。

「你是卡特的兒子，」他故意很客套跟我說話：「有需要什麼嗎？」

「沒有。」我有點尷尬，雖然知道他是故意的，但還是有點不好意思。

「你們一家為什麼都綳著臉啊？」史丹悄悄對我說：「很像阿達一族加黑影家族的綜合體。」他看了我很久：「尤其是你爸爸。」

我有點不知道要說什麼，幸好剛好他耳邊的電話響了，他馬上按了耳邊的藍芽耳機，開始說話：「好，我馬上過去。」掛掉電話之後，他回頭對我說：「那邊有點心和飲料，」他指著長桌：「盡量吃沒關係，反正這些東西最後也是給員工。」

我本來想回嗆他：「你戴藍芽耳機自以為賈伯斯？但你其實只有禿頭像賈伯斯。」但是聽到他對我這麼客氣，還告訴我可以吃點心和飲料，這話我馬上就吞回嘴裡了。

「董事長隨時要進來。」他說得好像自己是老鼠，一隻大貓隨時要進來攻占一樣：「我必須要確認一些事才行。」他向我道別：「玩得開心點，大衛。」

等我想告訴他，我的名字不叫大衛的時候，他早就已經走遠了；我之後才知道原來他口中的大衛，是黑影家族裡年僅十歲的早熟小鬼，大衛・柯林斯。

我走到點心和小禮物的吧檯，點心全是一些精緻但根本吃不飽的小東西，比如這個上面有黑黑一小點的餅乾，就算吃完一盤也不會飽。還有上面有一尾尾蝦子的小塔，看起來分量也少得可憐。

還好我並不餓。

沒多少人在吃，他們大部分都拿著酒杯自以為優雅的在人群穿梭，少部分有些看起來有點餓的人，努力在克制自己不要狼吞虎嚥，雖然他們仍然看起來很餓。

我站在一盤甜點前面，等我終於看清楚原來這一小塊一小塊，在陽光下照耀看起來像金鑽的美味甜點，其實是廉價的起司蛋糕時——

「你在這裡做什麼？」我抬頭，看到是爸爸。

他也帶著一副賈伯斯的耳機：「沒有。」我不知道該回答什麼。

因為我的確沒有在做什麼啊。

「少吃點，」他皺著眉看我：「這些不是給你吃的。」

「我知道，我沒有要吃。」我回答。

接著他又壓著自己耳機：「董事長進場了嗎？好，我馬上過去。」他當然不是對我說話。

「你好好站在旁邊，知道嗎？」這一次是在對我說話：「別給我惹麻煩。」語畢，他就快步離開了。

老爸總是說我會給他惹麻煩，雖然我聽了非常不爽，但至少比起過去兩年，他連話都不太願意對我說好的太多。

這時，我聽到在前面眾人突然發出一陣驚呼和歡迎聲，我順口塞了一個蝦子的小塔。反正都走到這裡了，不吃白不吃。接著我也快步走到廣場中央。

幾乎所有記者都聚集在廣場中央來了，他們的手上不再是酒杯，反而是筆記和相機，還有一些拿出麥克風整理好頭髮，專業的對鏡頭說：「是的，記者現在的位子就是華倫斯渡假村，我們可以看到華倫斯企業的董事長創辦人高莫爾，也在現場，舉行剪綵儀式，由此可見，高莫爾董事長非常在乎這個渡假村。」

我往攝影機的方向看去，終於看到了華倫斯企業董事長，也就是爸爸的上司。他的身形很消瘦，雖然有點距離，但看得出來他還滿高的，因為他過瘦看起來更高了；他的頭髮灰白，但是眼神卻堅毅而且冷漠，他笑著說：「謝謝大家來參加今天的活動。」

杜傑克就站在他旁邊，昨天他還是我認識看起來最油嘴滑舌的壞人，今天遇到董事長，他看起來雖然不屬於油嘴滑舌派的，但是他的冷漠無情，哪怕他現在正在對大家微笑，也感覺不出這個人的真誠。

這個人就像一座完美無比的雕像，他的雕像座鐵定比我們的身高還要高，所以我們摸不到也遙不可及。

我不知道是因為這兩天我聽了太多他的故事，還是他給人的印象就是如此？總之，我是第一次遇到一個，就算他展露微笑，也無法讓人打從心底喜歡，反而有種讓不寒而慄的感覺。

他還是笑著，透過每個記者的攝影機，他還是擺出讓人感覺虛假的笑容。

「是的，記者現在正在華倫斯渡假村，」另一名男記者說：「我們可以看到，這裡有很多人都在等待華倫斯董事長和渡假村經理舉行開幕儀式。」

他們的前面有一大條紅色緞帶，上面還有一朵像是禮物上的大紅花緞帶，他們手上一起拿著一把大剪刀。

杜傑克看起來很開心，他油腸油腦的樣子，感覺就像是看到一塊巨大的蛋糕一樣愉快；董事長還是一臉孤傲的冷笑，看得出來全是因為鎂光燈的聚集，才讓他願意露出這樣的笑容。

就在他們要剪下去的那一剎，閃光燈閃個不停，大家都在等待這個活動結束，接著他們會噓寒幾句，然後他們會領走渡假村給的紀念品，接著回去發新聞稿。

「等一下！」就在我們以為事情會這麼順利的時候，出現了攪局的反對聲。

紅色緞帶還沒被剪斷，所有人都往另一頭看去。

一個穿著淺色西裝的男人，他快步穿過人群走到最前面：「我要控告華倫斯企業所創辦的渡假村，沒有經過正常的安全考量程序。」

董事長和杜傑克的手上還握著那把大剪刀，這時有個穿黑西裝的男人突然向他們鞠躬，然後他們就將大剪刀交給了這個男人，男人又把剪刀交給旁邊另一位女士拿著。

不知道他們是不是擔心那把大剪刀會變成凶器？總之他們把剪刀收好了。

記者們馬上把焦點放在董事長身上：「這個渡假村沒有任何安全考量的問題，我們有政府的認證。」他連說話也不急不徐。

「你放屁！全是你用錢買通的。」淺色西裝的男人似乎很火爆：「各位記者，我是《孟特爾日報》的主編也是老闆伊登，這個男人官商勾結買通政府，不但併吞了我的公司，」他盡量講得很大聲，因為他手上沒有麥克風：「還毀了孟特爾鎮原本鎮民安樂的生活，他是一個惡魔！」看起來好像要斷氣了。

董事長沒有說話，也沒有回答，他只是聳聳肩，接著所有人包括爸爸和史丹全都熟練的處理這場突發狀況。

場面非常混亂，記者開始又拿出麥克風：「是的，剛才我們得知，」滿漂亮的女記者看起來很開心：「孟特爾市早就被華倫斯企業併購，這又會是一個官商勾結的陰謀嗎？」

我看到伊登被兩個壯男架住，他邊掙扎邊大叫：「無能政府，小人企業！」

他的出現簡直就像震撼彈，震驚了在場所有人，現在他要走了更是要表現的非常戲劇化，他不斷用力掙脫，最後甩開了壯男的手。

「華倫斯企業是世界上最卑鄙和小人的企業！」他大叫起來。

兩個壯男只得又去阻止他，他只好繼續跑，記者也在旁邊跟拍，看起來好像是什麼追逐遊戲。

我站在原地，不知道如何是好，突然，伊登就像隻慌亂的鴕鳥，往我這個方向跑來。

我嚇了一大跳，因為我不希望記者拍到我，當然我更怕會撞到他，但他的動作實在太快，我的反應又真的太慢，我們就這樣被撞個滿頭包。

碰！

這時所有人的慌亂才停止，我頭痛的要命，伊登當然更不用說了，不光是頭，連他的腰和腿幾乎都使不上力了。

「卡特，」我聽到爸爸在叫我：「有沒有受傷。」他跑到我旁邊，扶我起來。

「沒有，只是有點頭痛。」我勉強自己站起來，重力加速度剛才那一下可不輕。

「你是卡特！」伊登看著我，他的表情充滿愧疚和驚慌：「你是李卡特？」我不確定我是不是聽錯了，因為他喃喃自語的語調，讓我根本聽不清楚。

我沒有回答他，我頭痛欲裂，但是他卻一臉歉意的看著我，一直到兩個壯男又跑過來把他抓住，他竟然沒有再做任何反抗動作。

他只是看著我，然後又看到爸爸，他的表情變得更加複雜，就好像欲言又止，想說什麼卻又說不出口。

壯男各站一邊抓住他，他變得非常消極，沒有一開始那麼強勢逼人，壯男看著爸爸，爸爸想了想說：「先把他帶離這裡，不用報警。」

壯男點點頭，然後拖著伊登準備走出現場，伊登還是沒有反抗，他變得軟弱無力，只是在要被架走前，又看了我一秒，不知道是不是我看錯了，我覺得他的眼角泛著淚光。

「有沒有受傷？」就在我不知所措望著伊登背影離去時，董事長不知道什麼時候，竟然走向我和爸爸，大家的目光馬上又轉向我們。

「沒有。」我試著打起精神回答他，但是聲音聽起來卻像貓咪一樣無力。

「各位記者，」史丹拿著麥克風：「謝謝大家今天特別前往參加，有後續問題我們會開記者會，請各位先離開，非常謝謝大家。」

「是的，剛才華倫斯渡假村，發生了個小暴動，不過幸好沒有任何人受傷，華倫斯企業也聲明，會在之後記者會說明原因。」滿漂亮的女記者都沒把我看在眼裡，我的頭痛死了，還說沒人受傷。

很快的，那些記者拿了紀念品，然後就離開了。他們的出現就像螞蟻一樣突然聚集，離開卻像蝗蟲快速般消失無蹤。

廣場上只剩下華倫斯企業的員工，我這時才發現，原來剛才伊登製造了很多混亂，不但椅子都翻了，就連放點心的桌子也亂七八糟，甚至還打破了幾個酒杯。

「董事長，這是我兒子。」爸爸將我介紹給董事長。

他點點頭：「你看起來跟你爸爸一樣優秀。」

「沒有，他還需要磨練很多事。」爸爸很謙虛的說：「不成材。」

我沒回答半句話，靠這麼近看這個人覺得非常不可思議，不過還好當他在我眼前時，並沒有在臺上那樣的讓人高不可攀。

相反的，反而比較親近。

「你很難得帶你家人出來參加公司活動。」他突然對爸爸說。

「對，因為前一陣子家裡發生一些事。」爸爸回答。

還好有契約，所以他看起來沒有特別難過，就算他的眼底閃過一陣悽涼，也只有短短一秒，讓人根本不會注意。

「家人是很重要的。」他說：「要多跟他們相處。」

「是，董事長，我知道。」爸爸回答，但臉上的表情看起來沒有很想和我多相處。

第十一天

「嘿。」我轉頭，看到是上次借《福爾摩斯》的男孩。

「我看完了，」他很有禮貌的將書還給我：「謝謝，你真的幫了我很大的忙。」

我接過書，點點頭：「你不再多看幾天嗎？圖書館的書可以借很久。」

「其實，我已經看完了，」他有點不好意思：「因為我答應一個星期後會拿來還你。」

「這樣啊，」我想了想：「那你不是這兩天都白跑來了嗎？」我有點尷尬：「對不起，我這兩天都沒有來。」

「沒關係，因為我知道你一定會再來。」他篤定的說。

「為什麼？」我反問他。

「因為你的裝扮看起來並不是一個定性很夠的人，可是你又想要改變自己的生活，重新開始，」他思考一下又說：「所以你決定要來圖書館讀書，這樣至少比待在家裡更有效率，也更有專注力。」

「你怎麼知道我想要改變自己重新開始？」我反問他。

「因為像你這樣的人，通常不會來圖書館。」他又改口：「外表像你這樣的人。」

他指著我的頭髮：「染髮、超齡的時尚打扮、鞋子、名牌的穿搭。」

「意思是我是敗家子嗎？」我開玩笑道。

「過去我不知道，但至少現在不是。」他回答：「你臉上的傷疤就是最好的證明。」對我的傷疤一點都沒有同情心，至少外表看不出來。

對於他的觀察力，我感到非常欽佩，和米洛一幫人相處我的確沒學到什麼，還惹了一堆麻煩。

唯一的收穫就是我懂得如何打理自己，也很會表現出「好像很厲害」但其實「根本是一個草包」虛有其表的模樣。

說穿了，我根本是因為自卑才把自己搞成這樣，但我覺得這樣也沒什麼不好，至少我喜歡自己這樣的外表，爸媽也沒有什麼意見。

「不好意思，」他突然道歉：「我不是有意要批判你的。」

「不會，」我一點也不生氣：「我只是覺得你的觀察力很敏銳。」

「嗯，」他點點頭：「以前有人也這樣講過我。」

他的表情突然哀傷起來，不過我並不在意：「李卡特。」我跟他自我介紹。

「高文森。」他回答。

他想露出友善的微笑，但是看起來相當吃力，哪怕他非常想，也無法讓自己看起來笑得非常開心；頂多也只是一道淺淺的微笑而已。

「對不起。」文森突然向我道歉：「我很高興能夠認識你這個朋友。」

我點點頭，不以為意：「那你住在孟特爾市多久了？」

我想他笑不出來不能怪他，畢竟每個人都有自己的問題，我知道他願意還給我這本小說，就代表至少他算是一個誠實的朋友。

「四年。」他回答。

「那不是在孟特爾鎮剛成為孟特爾市的時候，你就住在這了嗎？」我又問。

「嗯。」他點頭：「我來的時候這裡就是孟特爾市了。」

「我是上個月才搬過來的。」我說：「你對這裡了解嗎？」

他疑惑的看著我，我繼續說：「你知道這裡哪裡有麥當勞嗎？」

「麥當勞？」他看起來就像在隱藏自己的無知。

我連忙拿起手機搜尋麥當勞給他看：「就是這個，」我滑著手機：「有漢堡啦！可樂啦！薯條，你吃過嗎？」

他的確是該隱藏一下自己的無知，現在就連幼稚園小鬼都知道麥當勞。

他有些遲疑：「我沒有吃過。」然後說了一個我覺得很不可思議的答案：「這裡好像沒有這家餐廳。」

「喔。」我真的很失望。

「但這裡有一家類似的速食店，」他說：「是華倫斯企業旗下的速食店，我是不知道有沒有麥當勞好吃，但是東西很好吃，」他繼續說：「也有漢堡薯條。」

「太好了。」我很高興：「那你現在可以帶我去嗎？」

「可以吧。」他有點遲疑：「我想沒問題，雖然我沒有去過。」

「那你怎麼會吃過？」我問。

「我只吃過一次，」他坦白回答：「是別人買給我吃的。」

「那你知道在哪嗎？」我突然覺得他不太可靠。他可是一個不知道圖書館要借書證才能借書的人耶。

「我問一下，」他拿出手機：「是我，沒有，不用來接我……」他壓低聲音，似乎很怕被我聽見：「好，所以是在圖書館附近嗎？好，我知道了，確定有漢堡跟薯條對嗎？」

「對，先不用過來。」掛掉電話前他又強調了一次。

「我問到了，」他說：「距離這裡不會太遠。」

「餐廳叫什麼名字？」我有點不太相信。

他想了想：「AI AZAZ。」

「什麼？」他的回答聽起來不像餐廳名，比較像含著一顆滷蛋說話。

「A-I A-Z-A-Z，」他拼給我聽：「所以念起來很奇怪。」

「是什麼西班牙文還是義大利文嗎？」我問。

現在很多人都喜歡把餐廳的名字取的很特別，沒有人會念也不曉得店名的真正涵義。

「好像不是，」文森想了想：「好像是因為漢堡咀嚼的聲音，意思就是你吃了他們的漢堡會發出讚嘆和AZAZ的咀嚼聲。」要他回答這個問題好像很勉強。

「好。」雖然我覺得他有點奇怪，但因為我實在太想吃漢堡，所以我決定和他一起去AI AZAZ。

這天開始，我跟這個看起來很神祕又很老實的高文森成了朋友。

因為他開學之後，也是孟特爾高中高三的學生，所以我們常約在圖書館見面一起讀書，然後再一起去吃漢堡。

這對剛搬來這裡，沒有朋友的我來說，是一個很大的樂趣。

前兩年，我什麼也不想管，回到原本高中也因為太過愧疚而無法再交朋友，我變得非常難以親近。

我認為沒有一個人可以體會和諒解我的難處，我也不願意和他們吐露心事。雖然沒有人知道艾倫死去的事，大部分的人只聽說我曾經因為疑似持有毒品而被抓去坐牢。

班上的同學大部分都對我又厭又怕，他們討厭我自以為是的態度，但是又害怕我會對他們做出什麼霸凌的舉動。尤其是過去的同學將我的故事說的繪聲繪影，這也阻礙了我在新班級的交際發展。

我就只能坐在教室角落，大部分的時間，我都在睡覺，也沒人願意跟我說話，當然更沒有人願意和我當朋友。我就這樣孤獨的上了一學期的課，幸好，最後離開了原本高中。

我原本以為在孟特爾市，我會繼續過著這般慘澹的生活。但是因為有了契約，讓我對艾倫的死不再抱有任何情感，我開始可以回復過去平靜的生活，而且試著想要經營自己的人際關係。而高文森就是我第一個要經營的人際關係和目標，之後他的確也幫了我非常大的忙，讓我對於當下願意走出來對他伸出援手，並借他《福爾摩斯》小說感到十分欣慰。

第十三天

「明天我想回去一趟，」爸爸說：「你們跟我一起回去。」

我邊夾菜邊問他：「是因為工作的關係嗎？」

「對，」他回答：「我要回原公司處理一些事，想說我們可以順便回去看看。」

如果是十幾天前，我們根本不願意回去看看，甚至連想都不願意。因為那裡是艾倫出生的地方，也是艾倫死去的地方，踏入那塊土地，只是讓我們痛苦不堪而已。如果爸爸因為工作一定要回去，也是自己偷偷去。但是因為有「契約」，所以我們將這件事看得稀鬆平常。

「當天來回。」他說：「想說你可以跟你原本的朋友聚一聚。」

「喔。」我有點尷尬。

因為我到最後也只和吉娜聯絡，爸媽對我的交友圈似乎一點也不了解，就連我高二回學校被排擠，他們也完全不曉得。當然，那個時候他們也只在乎自己，因為艾倫的死，我一點也不想責備他們不夠關心我。

「我也去跟以前那些朋友聯絡一下好了。」媽媽喝了口湯，繼續說：「畢竟當初她們幫忙我很多，我回去看看她們也好。」

媽媽在艾倫去世的那段日子，參加了很多心理團療，可是效果都不明顯，因為媽媽陷得太深無法回覆正常的日子。現在她變得樂觀理性，所以當她回想過去那段日子還有朋友，她會突然發現這些人在那時非常幫忙她。

她想了想說：「過去都沒想過這些人對我很好，一直到現在，我才體會到這種感覺。」她喘口氣繼續說：「過去我都因為太過悲傷，而忘記身邊支持和幫助我的人；一直到前幾天我突然醒來，我覺得腦袋變得好放鬆，我再也不會為了艾倫而痛苦不堪，現在就算我講起他，也不會感覺悲傷難過。」她講完又默默的喝湯。

我和爸爸聽了，不發一語。

其實我們都有這種感覺，只有我知道原因，因為「契約」讓我們對艾倫的回憶消失殆盡；所以我們不再沮喪，我們突然知道自己要往前繼續生活下去，也突然了解要珍惜和感謝身邊的人。

雖然我知道這全是因為「契約」，才改變了我們的心境，這非常的不道德和虛假，但至少目前來看，是一個好的改變，我也相信會有一個好的結果。

「對了，」爸爸打破沉默：「我們明天晚上要去瓦妮莎家吃完晚餐再回來。」

「為什麼啊？」我忍不住抱怨。

「因為她知道我明天要回去啊，」爸爸回答：「她就約我們一起吃飯啊。」

「那你幹麼告訴他我們要回去啊？」我繼續抗議。

「她老公也在華倫斯企業工作，你以為她會不知道我要回去嗎？」

李瓦妮莎姑媽，是爸爸的姊姊，一個非常情緒化的女人，什麼事都可以表現出像湯姆貓的女主人看到傑利鼠般激動，就差沒跳到椅子上又叫又鬧。

當初她老公會有這份工作，還是爸爸替他介紹的，雖然只是一個小職缺，但是爸爸的個性向來不喜歡欠人人情，可是為了自己的姊姊，他還是一反常態替姊夫爭取。

但李瓦妮莎從來不覺得感激，反而嫌棄爸爸爭取的工作，錢少又累，非常折磨她的老公。

有些人得到越多就想要更多，我敢打賭，以後我出社會，爸爸才不會幫我關說；這種事他從不幹，我也不想他做，想到我如果真的進了華倫斯企業，活在和父親比較之下，其實這樣真的滿累人的。

「好啦，只是吃個飯而已。」媽媽安慰我。

唉！有時就算只是下課十分鐘都不想跟討厭的人一起啊，何況是吃一頓長達兩個鐘頭的晚餐。

李瓦妮莎自從知道我們家發生的事以後，對我非常不諒解和無理，我當然知道自己錯得離譜，可是不需要一直強調吧。

有些人總是喜歡強調你曾經犯的錯，就好像在指責你，從來不懂得檢討，而且錯得理所當然。其實他們大可不必這樣，更不需要常掛在嘴邊，一再重複提起。

睡前我傳了訊息給吉娜，告訴她我明天下午想約她見面。

「你們回來真的沒有問題嗎？」吉娜問我。

「沒問題啊，因為『契約』的關係，我們現在處的很好。」我回答。

「好吧，那明天下午見。」

「好，晚安。」

我將手機放回床邊，開始在想如果是過去，我們絕對不可能回去，因為那裡是我們的傷心地，也是我們最不想碰觸的地方。之後，爸爸把房子賣了，因為那裡真的埋藏了太多太多關於艾倫和我們的回憶。

第十四天

「這裡放你下來可以嗎？」爸爸問我。

「可以。」我點頭：「因為我剛好跟朋友約在這裡。」

「是你班上的朋友？還是？」他試探性的問。

我知道他想問什麼，其實爸爸非常不希望我再跟米洛那幫人聯絡：「是吉娜。」

他一聽到我這樣回答，就不再多說什麼。

「只有我跟吉娜，」我連忙解釋：「沒有其他人。」

爸爸認識吉娜，因為當初我被米洛一幫人揍得體無完膚，是吉娜報的警。

有時我會想，如果當初吉娜沒有報警，我最後下場會怎樣？真的和艾倫一起陪葬嗎？這些人的下場又會怎樣？繼續吸毒鬧事？他們可能會因為打死了一個人，而開始輕視生命，做出更可惡的事來嗎？

因為這些人本來就有點憤世嫉俗，他們不覺得自己對不起這個社會，他們一味的認為是這個社會對不起自己。

「好，我知道了。」他又提醒我：「記得我們晚上要去瓦妮莎姑媽家吃晚餐。」

「喔，我以為取消了」我故意這樣回答。

「我也很希望她忘了」爸爸說：「但她今天早上還特別打給我，跟我確定。」

他的表情更無奈：「聽著，不要讓任何人影響你的心情知道嗎。」

我點點頭，然後打開車門：「晚點見。」

我下了車目送爸爸的車離開，發現自己正站在一個曾經讓我們傷透心的地方，但還好有契約，我們一點也不難過。

我跟吉娜約在以前學校附近的麥當勞。

吉娜還沒來，我坐在戶外區，看著人來人往的人。

這裡曾經是我最熟悉的地方，我也以為我會一直這樣下去。

結果什麼都改變了，艾倫的死真的改變了很多事。

「李卡特。」我回頭，差點認不出吉娜。

她還是一樣漂亮，但是氣質和過去卻完全不一樣。

現在的她，非常的樸實——本來金色的頭髮也染回黑色，臉上不再帶濃妝，看不到過去那樣五花八門的顏色。

她走到我旁邊，插著腰，雖然打扮和以前不同，但是她看起來還是像以前那樣自信滿滿。

當她走近我的時候，還是可以發現有幾個同年紀的男生正盯著她看。

我看著她，非常驚訝：「你是吉娜？」陌生到好像我們兩人是第一次見面的網友。

「對啊。」她刻意繞了一圈。

她穿著一件簡單的白襯衫和牛仔褲，這和她以前的穿著完全不一樣。

以前的吉娜是非常超齡打扮，濃妝、過短的洋裝、還有很濃的香水味，看起來就像一個二十幾歲的女人。

現在的她和她實際年齡比較符合。

雖然我們常常用簡訊聯絡，但沒有實際看到本人，所以現在看到本人覺得震撼很大。

好像在演穿越劇，一個二十多歲的姊姊突然變成一個高中生，甚至看起來年齡更小。

化妝和打扮對女人來說，真的是最不可思議的事。

「你有覺得我改變很多嗎？」

我知道她明知故問，於是我只好說：「有啊，妳還剪了妹妹頭，還燙直了頭髮。」

她瞪了我一眼，繼續說：「大家都在留妹妹頭，」忽略我直接看我身後的玻璃反射：「我也覺得妹妹頭不太適合我。」

她邊撥劉海，邊說邊直接在我對面的座位坐下來。

「對啊，」我說：「還是不要妹妹頭吧。」

其實她的臉不太適合妹妹頭，但是我當然不會老實跟她說。

「想要有一些改變啊，」她看著我：「你的外表怎麼還是跟以前一樣？只是比較瘦而已啊？」

「男生需要什麼改變？我又沒化妝。」我說。

的確，這一、兩年我頂多也是剪頭髮而已，我也沒有特別顧慮我的造型，以至於我現在的頭髮亂七八糟，有我染過的髮色，也有我新長出來的頭髮，雖然沒有像瑞典視覺系團──SEREMEDY那樣多彩多姿的瘋狂。

但在陽光照射下，也很容易看出來有很大的差別。

「好吧。」她聳聳肩：「那我們現在要去吃什麼？」

「就吃麥當勞吧。」我高興的回答。

幾分鐘後我們各自買好了餐點，然後又坐回座位。

「你相信嗎？孟特爾市連個麥當勞也沒有。」我誇張的說：「又不是鄉下地方。」

「怎麼可能？」吉娜不太相信：「麥當勞全世界都有。」

「真的沒有啊，我在那裡認識了一個朋友，他住了四年，當我問他有沒有麥當勞的時候，他竟然還不知道那是什麼。」

吉娜差點被可樂嗆到：「你騙我。」

「真的，後來我才知道原來所有孟特爾市的產業，全被華倫斯企業併購了。」我向吉娜解釋。

「這個我知道，新聞有說。」她說：「只是沒有麥當勞真的太扯了。」說完她咬了一口漢堡，看起來對於自己能夠如此輕而易舉吃到麥當勞而感到開心。

「對啊，不過他們也有類似麥當勞的店，價格差不多，也滿好吃的。」我想了想說：「但是感覺還是不太一樣。」

這個麥當勞在學校附近，曾經是我們下課常來的地方；因為也是距離我家附近最近的麥當勞，雖然有點遠，但媽媽也帶過我和艾倫來這裡。

想到這裡，幸好我沒有半點惆悵感。

我繼續和吉娜說話：「孟特爾市是一個很繁榮的都市。」我說：「看起來像是有麥當勞。」

「你真的很在乎有沒有麥當勞耶。」她大笑起來。

「對啊。」被她這樣點破，我有點尷尬：「妳知道孟特爾市那家速食店叫什麼嗎？」我連忙轉移話題。

「是什麼？」她瞪大眼睛問我，期待著答案。

「AI AZAZ，」我邊說邊用手掌做出上下擺動的動作：「就像一個古老的電玩小精靈吃東西AZAZ，他們希望你吃漢堡也能感覺美味。開心的AZAZ。」我不斷重複AZAZ，吉娜簡直快笑瘋了。

「什麼啊？」她大笑起來。

我看著她笑，覺得今天能跟她見面真的是一件很值得開心的事。

「妳最近好嗎？」我問

「就一樣啊，我也休學一年，暑假過完也要繼續回原本高中上高三啊。」

我發現她的表情很落寞，突然想到在經過艾倫的事，其實她也是最大的受害者，我們回學校的那一學期，真的非常不好受。

我知道吉娜比我堅強很多，但是我卻可以選擇逃離這裡，到一個完全不認識我、不知道我發生過什麼事的地方，比較起來我真的幸運很多。

「啊！你真的運氣好好啊！」她還是忍不住說了：「我也好想離開這裡喔。」

我不知道要說什麼，有時你處在比較好的那一方，說什麼好像都變成風涼話。

「很快啊，等你高中畢業考到外地的大學，就可以了啊。」我只好這樣說。

「還要等一年，」她自嘲：「我還不知道自己會不會考上，」她想了想又誇張的說：「搞不好連畢業都很難。」

「不會啦。」雖然知道這樣安慰她沒什麼用，但我還是說：「妳是吉娜耶。」

「吉娜又怎樣？」她白了我一眼。

「是沒怎樣。」我喃喃自語，但其實這並非我的真心話。

如果那天早晨不是吉娜打電話報警，我可能早就沒命了。

「我剛剛還在想，這兩個人怎麼這麼眼熟？」我們一聽到聲音都驚訝的抬頭。

不！不可能！絕對不會是他。

「你們好啊。」我看到米洛站在我面前，他的手很自然的搭在吉娜的肩上。

對於他的出現我真的是百感交集，我馬上想到艾倫死去的那個早晨，他對艾倫的死是多麼不尊重，還有他夥同在場每個人想把我揍個半死。

我沒有要起身的意思，只希望他快點離開。

但是他一點也不識相，他先是看到我，之後又馬上一眼認出吉娜：「我還在想，你在跟誰說話。」他走到吉娜面前。

就像在期待出現一個天大的笑話：「看妳現在的打扮，」他對吉娜上下打量：「真是糟糕透頂。」

老實說，我覺得米洛根本沒資格講吉娜，他看起來比以往更瘦弱，是一種病態的瘦；他瘦到他的臉頰都凹陷了，凹陷到黑眼圈險的非常明顯。

他的臉比以往更蒼白，印象中的米洛是每個女孩都傾心的對象，但現在的他，恐怕只有毒蟲和藥物上癮者才會瘋狂愛上他。

「我要來好好看看，當初害死我！害我現在落到這種下場的賤人變成怎樣！」米洛繼續攻擊吉娜。

吉娜還是沒有出聲，她只是低著頭，對米洛的汙辱視而不見。

「你鬧夠了沒啊！」我好不容易才擠出這幾個字。

坦白說，我們對米洛都有種說不上來的恐懼感，雖然我們都很清楚他現在只是一個被毒品控制的蠢蛋。

可是面對米洛，那種不知節制的心狠手辣，沒有一個人敢出面反抗。

只有在我跟吉娜因為艾倫的死，而出面反抗過一次，但我們卻也落到悽慘的下場。

「你少囉嗦！」米洛在吉娜旁邊坐下來：「我真是被你害死了！」他用力指著我：「我他媽有沒有說？叫你帶走你弟弟！你們不聽！」他憤怒的拍桌：「你他媽那個時候

求我，把他留在這一晚就好！結果呢？我好心收留他一晚，你們根本毀了我！」他越講越生氣。

他的結論讓人很痛心，他從不在乎艾倫的死，他在乎的只是吉娜報了警。

如果要追究艾倫怎麼死的，對他來說，最大的錯誤就是我和吉娜求他讓艾倫住一晚。

「你不要再說了！」吉娜大吼起來。

「你根本不知道我們受到了多大的懲罰！」她邊哭邊說：「最可憐的是卡特和他的家人，弟弟死了，卡特幾乎一輩子都要背負傷害弟弟的心理壓力。」她說完立刻掩面哭泣起來。

一時之間我不知道該如何是好，因為我一點感覺也沒有，相較之下，米洛的出現那種憤怒和恐懼早就壓倒了弟弟死去的悲傷。

但是吉娜看起來非常難過，她哭得肝腸寸斷，無法言語。

這感覺很奇怪，明明艾倫是我的家人，可是現在我回想那天的情景，艾倫冰冷的屍體，我卻完全無感，就像每天看的晚間新聞，看的當下我難過到不能言語，控告社會敗類，但是幾分鐘之後，我又事不關己，做自己的事。

因為這不是我的事。

可是，事實上，現在死的是我弟弟艾倫啊！

我竟然無法像吉娜一樣表達悲傷，這瞬間我驚覺自己非常冷血和無情。

「需要幫忙嗎？」有個店員走過來關心。

「我只是要鄭重聲明，」米洛看到有人來，為了不要鬧事：「我他媽現在這樣，都是你們兩個害的！」他說完，順手拿走了吉娜的可樂然後離開了。

「沒關係，不用。」我對店員說，並且謝謝他的關心。

吉娜還是在哭，也完全不在乎可樂被米洛拿走，她只是撐著自己的臉，無法止住哭泣。

我只好尷尬的看著她，等到她哭到沒力氣了，總算停止了哭泣。

「對不起，卡特。」她向我道歉：「我只要一想到艾倫死，我就，唉，」說完她又哭了。

我不發一語，內心停留在複雜的情緒和自問自答中，對於艾倫的死我已經沒感覺了，這樣對我真的好嗎？就連吉娜這個外人，只和艾倫相處過一個晚上，一談到艾倫的死，就傷心欲絕，我卻一點也沒感覺？這樣真的好嗎？

這是我拿掉對艾倫的回憶以後，第一次警覺到自己竟然是如此殘忍無情的人。

爸爸的姊姊李瓦妮莎，是一個讓人不願意多相處一秒的負面人物。

我們相處的時間很少，因為爸爸工作很忙，加上媽媽也不太可能常和她見面。以前我們住的地方沒有太遠，開車大概不到三十分就到了，她有時會找藉口開車來我家。

當她發現我們家比她家更大更明亮時，她會忍不住開始抱怨，為什麼一樣都是華倫斯企業的員工，她的丈夫卻無法給她這麼好的生活機能？

所以媽媽很怕她來家裡，來過一、兩次之後，媽媽就開始是適時的拒絕她拜訪，以前艾倫還在的時候，只要她送走瓦妮莎姑媽，當她關上鐵門那一刻，她會大大鬆口氣，告訴自己也告訴我：「終於結束了。」

但是艾倫過世以後，媽媽就變得不再交際，她變得脆弱不願和人相處。

艾倫死之後，瓦妮莎只有在艾倫喪禮的時候，出現過一次。之後她再也沒來我家，抱怨自己的生活有多不幸。因為比較起來，就算我們住在大房子擁有四十八吋液晶電視，艾倫的死還是讓我們顯得比較令人同情。

我們坐在餐桌上，我看著李瓦妮莎的丈夫，還有兩個表弟和表妹，表弟已經上小三了，表妹還在幼稚園大班。

因為契約的關係，我們一家的生活又開始走入正軌。有兩年沒化妝打扮的媽媽，也畫了簡單的妝，穿上優雅的服裝。過去她幾乎不對外相處，所以這樣的改變對她是好的。

在瓦妮莎開門看到我們的那一刻，不難注意她的表情其實有些失落，但沒人知道她在失落什麼。

她的表情很像是希望看到門口有一群等待自己救援的落難犬，但打開門看到的卻是一群高貴乾淨整潔的貴賓犬，這種失落感。

不過她還是以一種我行我素的同情姿態在和我們相處。

「弟弟就一直問我，今天艾倫也會來嗎？」她邊吃飯邊笑著說：「我跟他說，艾倫今天沒辦法來了。」

沒人知道她為什麼要提起艾倫？就連坐在她隔壁，她的丈夫也不知道為什麼。

「艾倫真的是一個可憐的孩子。」她又強調了一次。

場面很尷尬，但她卻毫不在意，她說的慢條斯裡，語氣中充滿惋惜：「時間過很快，也兩年了。」說完又深深嘆了口氣。

「就是因為已經過了兩年，我們才應該要慢慢學會走出來。」爸爸馬上說。

她沒說話，因為她正好在挑魚刺：「如果是我可能永遠走不出來吧。」她聳聳肩。

我相信她的確是走不出來，因為她光是覺得老公不會賺錢，讓她沒辦法過好日子，她就可以念好幾年了。

媽媽差點碗拿不穩，還好她馬上又接住了：「不好意思，」她說：「我有點暈眩。」

爸爸馬上接過她手中的碗：「要不要喝一杯水？」

媽媽還沒回答，瓦妮莎突然說：「我真的很難想像我的兩個寶貝，」她摸了摸旁邊表妹的頭：「我失去他們我該怎麼辦？」

表妹正在一個人乖乖吃飯，當然什麼也沒回答。

「人真的好難走出來。」她開始對她的寶貝又親又抱。

表妹這下有反應了，她放下湯匙說：「媽媽我要吃飯。」似乎非常厭倦。

「媽媽是想到如果失去妳怎麼辦？」瓦妮莎繼續說。

我們一家就坐在餐桌對面，看著瓦妮莎上演這種親情倫理劇。

「你去倒杯水給潔西喝吧。」一直不太講話的姑丈突然對瓦妮莎說。

瓦妮莎起身，順口又說：「唉！真是可憐。」

我感覺坐在身邊的媽媽開始不知所措。

我發現坐在另一邊的爸爸正握著她的手，於是我也慢慢靠近她的手，想要給她一點支持。

當媽媽握住我的手瞬間，我被嚇了一跳，天啊！她抖得好厲害。

「妳少說兩句。」我很少看到姑丈生氣：「去幫客人倒水。」

「你在生什麼氣啊？」瓦妮莎自覺婚姻不幸，當然不會放棄任何和老公吵架的機會：「我說的是事實，我很高興弟媳恢復了精神，我也羨慕她怎麼那麼了不起，這麼快就走出艾倫的陰霾。」她開始激動：「我這樣說不對嗎？」

「妳不用管泰勒家怎樣，」姑丈語氣變大聲了：「人本來就要正面，向前看，難道要像你一樣，同樣一件事不斷反覆嗎？」

「我什麼時候一件事不斷反覆？」瓦妮莎哭了：「你一直責罵我不知足！我現在只是為艾倫的死難過。」

突然媽媽站了起來：「對不起！我去一下洗手間。」

姑丈本來還要說什麼，看到媽媽站起來，他馬上閉上嘴。

瓦妮莎反而又跌回椅子上去，她開始難過和抽噎：「當初選擇嫁給你，是愛你，誰知道你連錢都不會賺。」

「你可不可以不要再抱怨了！」姑丈把碗摔到地上。

表弟表妹似乎是受到驚嚇，開始大哭起來。

我和爸爸馬上站起來，陪媽媽走到洗手間，很難得我們有共同的共識：要到洗手間！

雖然沒有人要上廁所。

媽媽先洗把臉，接著抱著爸爸小聲問他：「我不該活得這麼心安理得？她在說艾倫的事，我竟然一點也不難過！我真的是一個糟糕透頂的媽媽。」

爸爸久久沒有回話，他先看看我，我也不知道該回答什麼，只是愁眉苦臉的望著他。

最後他只好很勉強很小聲的說：「不是這樣的。」他說得很沒自信，就像違背良心。

第十六天

前天從瓦妮莎那裡回到家，我們全家三人開始變得有些隔閡，整個家裡的氣場變得非常奇怪，不像艾倫死之後那樣愁雲慘霧，比較像是找不到問題重點，不知該如何是好。

「住手！」我在房間正準備要出門，聽到爸爸的聲音。

「潔西，親愛的！妳不要這樣。」爸爸很少對媽媽說話會這麼大聲。

我趕忙衝出房間，看到他們兩人在倉庫。

媽媽背對著我，東西散落一地。

我撿起散落的東西，發現全是艾倫的東西，媽媽坐在紙箱前面，她拿出一本相本，裡頭每張照片都有艾倫。

「奇怪，」她一邊看相片中艾倫的臉，一邊說：「為什麼印象中的艾倫讓我好陌生。」她抬起頭看著我們：「我不是應該要想念嗎？但我只記得我有一個兒子叫艾倫，我對於他的死，」她哭了起來：「我一點也不難過。」

「不是的。」爸爸說：「時間會沖淡一切。」他摟著媽媽：「妳不能因為對艾倫的死沒有感覺，而自責啊。」

「就是沒有感覺！」媽媽大吼起來：「我對我兒子的死沒有感覺！」

「喔！天啊！」爸爸突然恍然大悟。

原來最大的問題點，不是因為我們走出艾倫的陰霾，而是因為我們對艾倫的死沒有感覺！

我倒退兩步，也坐在地上。

媽媽翻開相本，繼續說：「你看！我只記得我帶艾倫去過迪士尼樂園。」照片中的艾倫才剛學會走路，帶了一個米老鼠的帽子，看起來非常開心。

「但是我完全忘記，那天發生什麼事。」她滿臉驚恐的看著我們：「我們去吃了什麼？我們在迪士尼玩了什麼？還有艾倫跟我講了什麼！」她止不住淚水。

「你們記得嗎！」幾乎是用全身的力氣吼出來問我們。

爸爸接過相本：「記得啊。」他先是敷衍個兩句，然後就在下一刻，他發現自己根本只認得照片的時間和地點，但是對當下艾倫的回憶完全沒感覺：「天啊。」

他也意識到事情的嚴重性。

他開始重複翻找艾倫的東西，就連他送個艾倫的第一輛小車車，也讓他無法回憶起艾倫當下開心的微笑。

這時他突然發現不是只有當下的微笑，是整個艾倫一個有感情的艾倫，已經從他的回憶消失了。

「你發現了嗎？」媽媽看著他。

「我竟然忘了和我兒子的回憶。」真相就像橄欖球員從他們的胸口撞擊過來。

我也拿起艾倫的圖畫，我的手卻一直發著抖。以前我很少陪艾倫，只是偶爾陪他畫畫，所以艾倫很多畫都是我們共同完成的作品。

我突然覺得噁心想吐，內心好像有一個東西被封閉起來了，讓我完全無法回想我和艾倫相處的日子。我只是看著圖，對於那些簡單的線條毫無知覺。對於當初艾倫和我一起畫畫，我們聊了什麼，說了什麼，還有我為什麼會畫一隻小兔子在旁邊，我一點印象也沒有。

我是在場唯一知道事情真相的人，我從沒考慮簽下契約到底會有什麼下場，想不到這種感覺會這麼真實和恐怖。

我看著爸媽，他們完全不知所措。當然，他們也不會知道今天會造成這樣的局面，是我引起的，他們只是痛苦和自責。

就算他們不知道是我的錯，我還是覺得喘不過氣，消失幾天的愧疚感又在我心中攀升，而且更加嚴重令人做噁。此刻，與其說是難過不如說是害怕。我害怕被爸媽發現我出了這個錯，還有我害怕我們全家都忘了艾倫。龐大的壓力突然向我襲來，我恐懼又驚慌地逃離了倉庫。

我和文森約在AI AZAZ，但是我卻什麼也吃不下。

整個人無力又痛苦，不知道該和誰說；本來是想說跟文森見面，可以讓我轉移注意力，但是文森的話很少，喜愛福爾摩斯的他，除了在推理和探討真相的時候，話比較多，其他時候幾乎是不講話的。

我表現得很絕望，似乎受到很大的打擊。就算文森不是心思細膩的人，也不難看出我現在心事重重。

「發生什麼事了嗎？」文森終於還是問了。

雖然與人溝通不是他的強項，比起吉娜他也不算是一個好的傾聽者；但還是不難感覺到他，其實是非常關心朋友。

「這件事聽起來可能很愚蠢，你也可以不要相信。」我想了想說：「兩年前我有一個死去的弟弟叫做艾倫。」

他冷靜的看著我，暗示我繼續說下去。

「我們家陷在艾倫死去的陰霾裡，我實在受不了，」我試圖找出適合的形容詞：「你知道當家裡少了一個人，失去那個人我們一點心理準備也沒有，那種失落和痛苦。」我邊說眼淚邊流下來：「兩年的時間，我們為了不要碰觸關於艾倫的一切，我們的感情開始變得冷漠，我很擔心這樣的情況會維持一輩子。」

「所以我，」我坐直身子：「幾天前在墓園，和一個男人簽訂了一個契約。」

我以為文森會一臉不可置信，但他的表情還是一樣冷靜。

「那個男人買了我和我家人對艾倫的回憶。」我說：「我的家人也會因此原諒我害死了艾倫。」

「你認識那個男人嗎？」文森問我。

「不，我不認識。」我說：「你一定不敢相信，契約真的有效，我和我的家人對艾倫的死再也沒有感覺了，我以為我這樣做是對的，但是我發現，艾倫的回憶是他唯一留給我們的東西。」我情緒激動：「這本來別人帶不走的，可是我卻賣給了別人，就因為我害怕，我無法再活在艾倫死去的愧疚感中。」

「那契約可以解除嗎？」文森問。

「可以，但是我必須要在二十天之內，自己找到這個人才能解除契約。」我悔恨的說：「一開始真的都很好，我們全家都步入了正軌，我爸媽也願意和我多說話，但是現在卻……」我痛苦萬分，說不出話來。

「所以你想要回自己的回憶嗎？」文森問。

「我不知道，」我無力的說：「我原本以為少了艾倫的回憶，我們家會過得很好，但沒想到竟然會變成這樣，這種感覺比前兩年還要更可怕，不但外人覺得我們冷血，連我們也害怕自己這樣的心態。」

「我也曾經有一個我最愛的人死了，」文森說：「但是我不會想要把回憶賣給別人。」他說出自己的感覺：「因為這是很珍貴是無法被取代的。」

「我知道。」我心很痛：「我現在才知道自己當初不該這麼做。」

「二十天剩下幾天？」他問我。

「包括今天，剩四天；現在已經快下午了。」我沮喪的說。

「不要那麼快放棄，」文森鼓勵我：「我們一定會找到這個人。」

他捂著嘴，就像在思考：「他一定會留下線索，你有什麼東西嗎？」

我想了想，從皮夾拿出當初他的名片：「契約書在家裡，」我將名片遞給他：「這裡有他的聯絡方式。」

其實上面只有一隻電話號碼而已。

「你覺得我可以打給他嗎？」我問。

文森仔細觀察這張紙片，才說：「你們當初簽契約的時候，他難道沒簽名嗎？」

「他寫本人，」我解釋：「他說他的名字不重要。」

「我想，」文森思考著：「他應該是猜到你會想把回憶收回去，才故意不告訴你他的真實身分。」

「打給他，讓他知道你會找到他，他會亂了手腳。」他篤定地說道。

我馬上拿起手機，撥下號碼，但是電話響了很久，一直轉到語音信箱都沒人接聽；我不死心又打了一次，還是一樣。

看來對方沒有打算要接我電話，搞不好對方換了號碼也說不定。

我氣餒的放下手機：「如果他不接手機，我也沒辦法啊。」

「你現在認真回想一下，」文森很認真對我說：「當下那個人的臉，還有他的穿著。」

「那天下著雨，天空昏暗，他穿著黑色西裝，而且戴著帽子。」我不斷回想：「我只知道他是男人，至於他是誰做什麼，我完全看不出來。」

簽下契約的當下，我真的是太緊張了，以至於我根本沒注意這個人是誰。要不是有吉娜提醒我，要我跟他訂定「可以拿走回憶」的條件，我也不會想到要這麼做。

「看來我們的線索只剩下這張紙了。」文森認真的觀察紙片：「這個是華倫斯企業的標記。」

他指著上面浮水印標記：「ＷＢ就是華倫斯企業WARRENCE的標誌。」

「華倫斯企業！」我恍然大悟：「難怪我一直覺得我看過，」我開始回想：「我在華倫斯渡假村也看過一次。」

我對文森說：「我現在要馬上回家，因為我爸爸是華倫斯企業的員工，他可能會有什麼線索。」

我們一回到家，我就看到爸爸正準備要出門，他一看到我們馬上小聲的說：「媽媽人不太舒服，正在休息，麻煩你們小聲點。」

文森對他點點頭：「你好。」

爸爸似乎有點驚訝我竟然帶朋友回來，當他正想要說什麼時，我搶先問他：「爸，那時我們去華倫斯渡假村，你有撕房間裡的字條嗎？」

他想了想說：「好像有，我記得那時我有事情要記，所以我順手撕了一張飯店房間的便利貼。」

「那還在嗎？可不可以給我看看。」我急迫得說。

他懷疑的看了我一眼，然後從西裝口袋拿出一張便條紙：「在這裡。」我連忙搶過來仔細看，沒有錯上面也印著WB的標誌。

「發生什麼事了嗎？」他問我。

「你看，」我拿出我的便條紙：「這上面也有華倫斯企業的標誌。」

「我是不知道你為什麼那麼執著那個標誌，」爸爸看了看說：「只要是華倫斯企業旗下的組織，都會有這個標誌。」

他邊說邊走到電視下的抽屜，拿出了兩疊祇：「你看，這是華倫斯企業發給員工的便條紙，早期的華倫斯企業只有一個大的W，後來不知道怎麼回事又加了一個大B。」

我接過那兩疊便條紙，爸爸說得沒錯，這個便條紙不能代表什麼：「所以這個便條紙很多人都有嗎？」文森問：「新標誌的這一款。」

「將近一千人以上有吧。」爸爸回答。

一千人，我突然覺得自己的前途渺茫。

文森很認真的又比較了我的紙條、爸爸的紙條還有公司發的便條紙：「你看，」他指著標誌對我說：「家裡放的便條紙標誌浮水印是淺藍色的，可是你的紙條和伯父的標誌浮水印是深紅色的。」

爸爸看了一眼又說：「對啊，深紅色的浮水印是最新的華倫斯企業標誌。」

「也就是說，只有最新開發的新產業，才會用新的華倫斯企業標誌。」文森說：「如果我記得沒錯，華倫斯企業應該是今年一月才換上紅色標誌的。」

爸爸看著他，點點頭：「嗯，你還滿了解的。」

文森聽到爸爸這麼說，連忙說：「不是啦，新聞有報啊。」

爸爸不疑有他，繼續說：「因為華倫斯渡假村是今年的新興產業，所以，當然是使用紅色標誌。」

「那除了華倫斯渡假村之外，今年還有什麼新興產業嗎？」文森問爸爸。

「這我不確定，」爸爸不確認的說：「好像沒有。」

「你可以馬上確認嗎？」我問爸爸，盡量隱藏自己的不安，但似乎還是被他看出來。

「我是不知道你發生什麼事，」他正想說，我連忙又赫止他：「爸，拜託！有什麼事我們晚點再說。」

他看著我們，接著嘆口氣說道：「好吧，也許我可以問問史丹。」

於是他拿起手機撥了號碼給史丹：「老哥，我想問你，華倫斯企業在今年除了那間破爛渡假村以外，還有開發什麼新興產業嗎？」

「好，知道了，」爸爸掛掉電話，看著我們說：「只有華倫斯渡假村而已。」

「那所以那個人可能會是曾經住過華倫斯渡假村的人？」我說：「這樣範圍還是很大啊。」

「華倫斯渡假村一直還沒正式對外開放啊。」爸爸說：「你還記得嗎？前幾天我們還去參加剪綵。」

「所以，所以不是渡假村的客人！」我警覺得回答：「是華倫斯渡假村裡的員工。」

「華倫斯渡假村目前沒有太多員工，」爸爸解釋：「頂多就是一些打掃阿姨或門房還有廚師，他們其他業務走向，還是經過總公司這邊決定的。」

「不是那些人，」我撐著下巴接著馬上說：「是華倫斯渡假村的老闆杜傑克。」

當我對文森說出這個名字時，文森的表情起了很大的反應，但因為我一直再執著發現真相，所以我根本沒有注意。

他看著我：「應該不是他吧。」他看起來似乎不太相信杜傑克會做這種事。

「只有他了。」我對文森說：「我看過他本人，他本人不像是一個好人。」

「你可以帶我去華倫斯渡假村嗎？」我不管文森反對，請求爸爸。

「現在嗎？」爸爸有點遲疑。

「對，就是現在，」我一臉肯定的說：「拜託，我時間不夠了。」

「卡特，現在已經傍晚了，我真的沒有辦法。」

「爸，這個人可能拿走我這輩子最重要的東西，我一定要把他討回來，拜託你！」我大口喘著氣，用盡全身力氣說：「這對我真的很重要，我求求你。」我苦苦哀求著。

爸爸皺著眉看著我們：「如果這對你很重要，那我們就去吧。」

我一聽到他這麼說，突然感覺打破了我和爸爸之間的那道厚牆，本來一直不確認的父子關係，變得令人踏實。

因為以前的爸爸，是從來不會答應我這種無理要求的，就算他要幫忙也一定要問清楚，但是現在他尊重我，讓我覺得自己打從心底被他信任。

華倫斯渡假村

我又來到了華倫斯渡假村，現在因為是晚上，根本沒看到半個人，安靜的簡直就像墓園；和剪綵那天相比，昏暗的燈光加上蟲鳴，只有幾個服務生和保全在那走動，真的是相差甚遠。

「我要找杜經理。」爸爸對服務生說：「我是總公司李泰勒經理。」

「請問有預約嗎？」服務生是一個年輕的女孩，她綁著一個馬尾，畫著淡妝看起來也不過才二十出頭。

「沒有，總公司臨時派我來的。」想不到爸爸竟然會說謊，而且還說得這麼順口。

「這樣啊，好，請稍等，」女的拿起電話說：「你好我是櫃檯，總公司有一位李經理，他說有急事要找杜經理。」

我偷偷看著爸爸，但是他並沒有發現我在看他，現在的他看起來比我更想見到杜傑克。

「不好意思李經理，」她對我們說：「麻煩這裡請。」

然後她帶領我們走到一間辦公室前面，門上寫著「經理室」，有位女士就坐在經理室門口，她一眼就認出爸爸：「李經理歡迎你來，怎麼那麼晚了還來拜訪呢？」

我發現這位女士就是剪綵當天，最後接下剪刀站在前臺穿黑色套裝的女人，她的年紀稍為年長了些，但看起來對自己充滿自信。

「有點事要找傑克，」爸爸說：「總公司有些變化需要找他談。」

「這樣啊，」女士先指使櫃檯小姐離開：「妳先回去，這裡暫時不需要妳。」

櫃檯小姐點點頭，和我們道別就離開了。

「那麻煩兩位跟我來這邊請。」女士敲敲經理室的門。

「請進。」我馬上認出來這個聲音，正是華倫斯渡假村經理杜傑克的聲音。

女士替我們打開門，然後她說：「經理，總公司李經理有事找你，」她轉頭問我們：「需要咖啡或茶嗎？」

「都不用，謝謝。」爸爸回答。

「有任何需要再告訴我，謝謝。」說完她就退出辦公室，留下我們三個人。

杜傑克的辦公室不算太大，他一看到我們馬上站了起來，並且走到他辦公桌前的一個小圓桌：「兩位請坐。」

我們三人坐在小圓桌前，我心跳的好快，這個人就是偷走艾倫回憶的人嗎？

其實我本來就沒有太喜歡他，住在渡假村那一晚我就覺得這個人給我一種不老實的感覺，但是會是他偷走我回憶嗎？

文森最後沒有和我們一起來，因為他臨時有事。

但是他贊成我直接來找杜傑克：「福爾摩斯不會放棄任何可能性，只要有一個破案的關鍵，他一定會去追究到底。」所以就算真的很荒謬，我還是來了。

「李經理，歡迎歡迎。」杜傑克曖昧得說：「不知道總公司現在有什麼決策嗎？」

我這時才感受到，原來爸爸在華倫斯企業的角色是多麼重要。

竟然可以讓一個見錢眼開、勢利眼的渡假村經理，卑躬屈膝。

「其實不是總公司有什麼決策，」爸爸終於老實承認：「是我兒子有話要請教你。」

可能因為知道我們來這裡的原因不是總公司，杜傑克顯得輕鬆不少，他回頭問我：

「李公子有什麼問題嗎？」

終於輪到我講話了。

我的心跳更快了，我坐直身子，感覺胸口一陣龐大的壓力正襲擊過來：「我，我要取消契約！在墓園涼亭我們簽的契約！」我原本以為我會講的很堅定，就像是奪回我該奪回的一樣堅定有自信，但是我的語氣聽起來卻像老鼠一樣細小。

「什麼？」杜傑克看著我，他的表情讓我馬上氣餒起來。

因為他看起來不像是知道契約的事，我有點沮喪：「對不起，我可能弄錯了，因為有人留下了華倫斯渡假村的便條給我，在簽約的那一天，華倫斯渡假村根本還沒有正式營業。」

我拿出便條，他看了看又說：「我不知道你在說什麼，說真的我唯一一次看過你，就是兩天前的剪綵，如果你是因為這個便條才懷疑我，」他想了想說：「我雖然是昨天才開始營業，可是，在還沒營業前，我已經請了將近五十名媒體記者來住我的渡假村。」他將手放在桌上：「這些記者總是要嘗些甜頭，才會多寫點好話。我也請了二十位名流貴族在這裡住一晚，我需要他們替我宣傳。所以不是只有我才能拿到這種便條紙。」

我又開始徬徨起來，所以不是杜傑克，有可能是那七十位搶先來住渡假村的遊客。

「他們每個人都有來嗎？」我問。

「幾乎吧，」他驕傲的說：「這裡一晚要價上萬，誰會想錯過呢？而且很多人總是想搶先做別人還沒做過的事，不是嗎？」

我又陷入了不知所措的情緒裡。

「所以我們現在要走了嗎？」爸爸突然問我。

我無力的點點頭，凶手不是杜傑克，代表我一切又要重新調查。

於是我們起身，和杜傑克道了謝：「不好意思，這樣打擾你。」我說。

我可以感覺我的聲音正在哽咽。

怎麼辦，如果我沒辦法奪回艾倫的回憶怎麼辦？我真的好擔心。

「沒有關係，」杜傑克看來非常疑惑，但是他還是說：「你似乎很難過，我認識一個小孩跟你一樣大，他也很不開心，你們這些年輕人很難開心。」

我很勉強對他笑，但是我的內心卻痛苦萬分。

「不如這樣吧，你有什麼需要我幫忙的？不妨告訴我。」看來杜傑克並不像他外表那樣讓人討厭：「我會盡我所能幫忙你。」他把他的名片遞給我。

我接過名片，本來要說：「不用了，謝謝。」

「那麻煩你把那七十名的媒體記者和上流名單給我們。」爸爸卻這樣告訴他。

他想了想，打開辦公室的門對門口那女士說：「麻煩妳把我們上次渡假村邀請的那些名單，拷貝一份給李經理。」

回程車上，我坐在前座看著窗外一句話都說不出口，我把那份名單放在我的背包裡，連看的力氣也沒有。

「媽媽打算再回外婆家住幾天，」爸爸終於打破僵局：「我明天會帶她過去。」

我漫不經心的虛應一聲，腦子在意的還是艾倫的回憶。

到底會在誰哪裡？對方又為什麼挑中了我？

「我們等下順便去吃晚餐吧，」爸爸邊開車邊說：「已經滿晚了，順便買點東西回去給你媽吃。」之後他就沒再說話，似乎是在思考要吃什麼。

「這時候有什麼能吃的嗎？」他問我：「已經十點多了。」

「圖書館附近，有一家速食店，開到十二點。」我回答。

「是麥當勞嗎？」他問我。

「不是，是華倫斯企業的速食店。」我看著窗外，心不在焉的說。

「想不到華倫斯企業竟然連漢堡也要賣，」爸爸無奈的搖頭苦笑：「還有什麼是他們不想經營的？」

我還是胡亂應一聲，接著就陷入無止盡的沉思。

車上的廣播放著魔力紅的搖滾樂，和我們現在的處境真的很不搭。

「你被拿走的東西真的很重要嗎？」爸爸突然問我。

「什麼？」我不安地轉向他。

「就是，你懷疑杜傑克拿走的東西很重要嗎？」他又重複問了一次，順手將音樂的音量轉小。

「嗯，」我靠回椅背：「非常重要。」

「所以你不能告訴我是什麼嗎？」他問。

我知道我不能說，如果我講出來爸爸一定覺得我瘋了，要不然就是責備我擅作主張賣了艾倫的回憶。

我犯了一個無法彌補的天大錯誤，我真的說不出口。

「好吧，」他看我沒有要回答的意思：「既然非常重要，我們就要想辦法拿回來。」

我轉過頭看著他，他並沒有看我，只是繼續開車：「你剛有問杜傑克關於紙條的事，是什麼紙條？」

「就是我和那個人的聯絡方式。」我說，再從背包裡拿出紙條。

他只是匆匆一撇，接著就繼續將視線回到開車上：「上面有華倫斯企業的標誌，還有什麼？」

「那個人的電話。」我說：「當初奪走我東西的人。」

「那你有打給他嗎？」

「有，但是他沒有接。」我氣餒的說：「我想他應該不願意還給我。」

「你不如傳個簡訊給他。」爸爸建議我。

「遇到不接電話的人，傳簡訊也會給對方帶來不小的壓力。」等紅綠燈時，他轉過來對我說：「他拿了你的東西，他不接電話，我們就傳簡訊，非得要找到他不可。」

「好。」我點點頭，然後拿出手機。

「記得語氣要堅決，告訴他，你一定會討回來的。」他提醒我。

「好。」

我將手機轉向簡訊頁，接著寫：

「你好，我要要回屬於我的東西，取消契約，請把我的東西還給我。謝謝。」我邊打邊念。

「等一下，」就在我要發出去前，爸爸說：「你還打你好和謝謝？」

「嗯。」我看著他。

他又轉過來看我：「把你好和謝謝刪掉。」

他邊說邊看著我，那表情好像在說「我怎麼會有這樣一個愚蠢的兒子？」。

「語氣要堅決，和具有威脅性，」爸爸解釋：「我知道你很怕拿不回去，可是你不能讓對方發現你害怕。懂嗎？你要表現的無所畏懼。」

「好。」我點點頭，接著把你好和謝謝刪除：「所以是，我要要回屬於我的東西，取消契約，請把我的東西還給我。」

他想了想：「不需要請，因為那本來就是你的。」他雖然不知道我在說什麼，但是還是非常支持我：「屬於你的東西不用說請。」

「好。」我哽咽的回答。

對，艾倫的回憶是屬於我的。

「我要要回屬於我的東西，取消契約，把我的東西還給我。」我又念了一次簡訊內容。

這時我們已經到AI AZAZ了，爸爸想了想又說：「應該是：『我要取消契約，要回屬於我的東西。』」

「嗯。」我做了最後一次修改，不知道為什麼邊打字邊落淚。

雖然爸爸感覺沒有過去難相處，也教了我很多事，但我還是沒有勇氣把事實的真相告訴他。

我只能按出傳送鍵，希望這件事能夠圓滿落幕。

第十七天

我又從夢裡驚醒，在夢中我已經忘了艾倫的長相，我只知道這個男孩是艾倫，他的臉雖然很模糊，但是可以感覺他很傷心。他站在我面前，不願意叫我哥哥。

我坐直身體，發現客廳外面非常安靜，這才想到媽媽又去外婆家住了，而爸爸也出門上班了。

昨天我等對方簡訊等到了很晚，但是對方都沒有回我簡訊，應該是不打算回覆我了。難道我非得要把去過渡假村的名單一個個挑起來，一個個去和他們大喊取消契約？總共七十人啊！我還沒全部講完，應該已經被送到精神病院了。

我順手拿了床邊的手機，突然想到應該要告訴吉娜，我打算要把回憶要回來。

就在我拿起手機的時候，發現我的手機邊緣亮著藍燈，通常都是有簡訊時才會亮藍燈。

我希望是簡訊，一定要是那個人的簡訊！我內心祈禱，將手機解開電子鎖，然後接著，看到一個小信封，是簡訊！我發著抖，期盼對方給予我任何線索，哪怕是一點點也好。

窗外傳來車輛和人來人往的聲音，和我安靜無比的房間形成了很大的對比，在我的房裡，此時此刻我獨自一人，我只能聽見自己的呼吸和心跳聲。

於是我點開小信封，一排新細明體從我手機顯現出來：

「預知精采內容，最新報導請務必購買孟特爾日報。」

原來只是廣告。

我的心涼了大半截，又回到昨天我傳訊息的紀錄當中，我確定對方已經收到了我的簡訊，但是對方卻不願意回覆我，根本毫無意義。

「妳猜怎樣？我想要要回我的回憶了，」我沮喪萬分的寫著訊息：「但是包括今天，我只剩下三天可以要回來，我不知道該怎麼辦。」然後我傳給了吉娜。

午餐後文森來我家，我把最新情況和他報告。

「結果杜傑克不是搶走我回憶的人，」我把他提供的名單拿在手上：「凶手可能是這七十幾位旅客。」

我把名單丟在客廳長桌上，爸爸幫我整理好了，還用透明資料夾一個個分類。

文森沒回話，名單從我這一頭滑到他那一頭：「所以不是杜傑克。」他喃喃自語：「那會是誰？」

「我也想知道是誰，」我無力靠向沙發：「我爸昨天還教我傳簡訊給那個人。」

「那他有回嗎？」他問。

「怎麼可能，他當然沒回，」我拿起手機開始任意瀏覽：「我早上起來只收到一封普通的廣告簡訊。」

「什麼廣告？」他把名單從資料夾中拿起來，隨意翻閱。

「也不是什麼大不了的廣告，」我又回到手機訊息那一頁：「預知精采內容，最新報導請務必購買孟特爾日報。」念完後我嘆了口氣。

「等等，」文森放下名單，看著我：「你說是《孟特爾日報》的廣告？」

「對啊，」我回答他：「很普通的廣告啊。」

文森站了起來，在電視前來回走動，他一手捂著嘴，另一手抱著胸：「照理來說，《孟特爾日報》應該不會做這種簡訊廣告。」

「因為賣得太好，所以不需要嗎？」我回答。

「不是，」他停下腳步對我說：「據我所知，《孟特爾日報》一天只限定幾刷不會多印；因為會看的人實在太少了。」

「可是，物以稀為貴，」文森就像一個神經病一樣自問自答：「限定的東西，大家就會開始搶著要，所以《孟特爾日報》根本不需要做什麼廣告。」他突然指著我：「你是哪家電信的？」

「華倫斯旗下的電信啊。」我回答。

「我也是啊，可是為什麼我卻沒收到這封簡訊？」他又問我。

「可能是隨機挑選幾個客人，」我假設：「如果大家都傳簡訊不是很花錢。」

「沒有這回事，」文森大膽的回答：「那封簡訊絕對是只傳給你。」

就在我根本來不及反應的時候，他已經起身走到門口：「走吧，時間已經不晚了」，他信誓旦旦地說：「我們要去搶《孟特爾日報》。」

《孟特爾日報》並沒有比我們想像中那麼好買，我們走遍了所有華倫斯便利商店

（對，就連便利商店也是華倫斯旗下的。）還包括一家私人的小雜貨鋪，在放報紙的鐵架上，《孟特爾日報》全部都是空的。

「我知道很難買，沒想到比我想像更難。」文森在櫃檯前自言自語。

「如果離開孟特爾市，」我問：「我們買得到嗎？」

「當然買不到啊，」文森回答我：「《孟特爾日報》當然只有孟特爾市才會有啊。」

我看著他的表情，他的表情好像在暗諷我「這種問題還需要問嗎？」我只好默默閉上嘴巴。

「我們還有哪裡沒去？」他說。

我看著手機導航回答他：「所有便利商店我們都去了，這裡是最後一家。」

文森沒有理會我，他又陷入了他自己的沉思當中。

「對不起，」店員突然加入我們的談話：「請問你們是想要買《孟特爾日報》嗎？」

我們一聽到他這樣問，馬上衝到櫃檯前問：「對！你有嗎？你有嗎？」文森看了看他別在胸口的名牌：「安德魯？」

要不是中間隔一個櫃檯，文森可能會因為太激動而掐死對方。

「那裡沒有就沒有了，」安德魯說了一句我們最不想聽到的話：「今天賣完了。」

「明天早點來吧，通常都是早上五點就來了。」

「不行，」文森說：「我們一定要今天的。」失落到他連看都不看安德魯一眼。

「想不到竟然有人想買《孟特爾日報》買不到，」安德魯看著我們：「以前我在當送報童的時候，《孟特爾日報》也曾經風光過，孟特爾鎮的每個人早晨最大的幸福就是邊吃早餐邊看《孟特爾日報》。」

「那為什麼會每天印刷這麼少？」我問。

「因為華倫斯企業的介入，現在的《孟特爾日報》已經沒有印刷廠敢印了，」安德魯壓低音量，就好像害怕有人會偷聽一樣：「所以《孟特爾日報》的老闆伊登，只能自己印，但是成本算下來也只夠印幾十份。」安德魯就像想到什麼似的說：「對了，你們可以去車站看看，孟特爾車站那裡通常會多擺幾份。」

文森聽了馬上跑步離開，我被他突如其來的動作嚇了一跳：「謝謝你告訴我們。」

我向安德魯道謝。

「如果車站也沒有，你們真的只能等明天了。」安德魯目送我們背影，對我們大喊。

四十分鐘後，我們到達孟特爾車站，孟特爾車站很新，在白色的燈管照耀下，就連磁磚都閃閃發亮。

文森迅速走到車站裡頭的便利商店：「我要一份今天的《孟特爾日報》！」他的聲音是平常說話的好幾倍，我想就連對面月台也聽得一清二楚。

女店員是一個妹妹頭的姊姊，她似乎被文森的反應嚇了一跳，但她還是為了保護自己，隱藏自己被驚嚇的情緒，對文森說：「最後一份剛剛賣走了。」

「可惡！」文森憤怒的拍打櫃檯。

女店員瞪大眼看著他，好像隨時要準備報警。

「你們如果有需要明天早點來買。」她說，厚重的假睫毛蓋過她的眼睛，連看都不看我們一眼，語氣當然也很差。

文森沒回答她的話，他看起來沮喪萬分，就好像小孩知道週末的野餐計畫被取消了一樣傷心。

他木然的走出便利商店，我緊跟在後，發現他看起來像是受了非常大的打擊，整個人搖搖晃晃走到便利商店外的塑膠椅坐下。

我也跟著坐下來，已經過了下班時間，又不是週末，車站的人顯得稀少，部分店家也打烊了，讓本來一開始明亮的車站變得黯淡。

我跟文森並排坐著，他抱著頭，看起來非常灰心。

這種行為對我來說反而有點不知所措，現在其實是在忙我的事，最壞的打算也應該是我自己要承擔，但我卻一點感覺也沒有。

我只好坐在他旁邊，默默的看著他，等待他的指示。

就在我打算提出：「還是我們直接去《孟特爾日報》報社看看？」的時候。

「卡特。」我聽到有人在叫我名字，而且是女生。

我抬起頭，看到吉娜繞過前排的椅子，走到我旁邊：「你怎麼在這裡？」她問。

「應該是我問妳怎麼在這裡吧？」我回答她。

「我有傳簡訊給你啊，」她拿著自己的手機在我面前揮舞：「我跟你說我要來孟特爾市幫你啊。」

我這才想到，今天一整天都在忙著找日報，根本沒有時間看手機簡訊。

「抱歉，我今天都沒時間看簡訊。」我回答。

一方面也對吉娜特別來幫忙我這件事，感到很窩心。

文森還是沒有說話，這時我才想到我應該讓他們兩個彼此認識，因為這兩個人都是真正關心我的朋友。

「文森，這是我之前學校的同學，吉娜。」我用手肘撞了文森一下，他好像現在才發現吉娜個存在。

他抬起頭，只是抿著嘴然後點頭。

連個微笑也沒有，更別奢望逼他說『妳好』兩個字了。

「抱歉，」我偷偷和吉娜說：「他現在有點沮喪。」我覺得自己這樣說文森好像不太對，畢竟他會這麼難過也是因為在幫我的忙。

可是我不得不承認，吉娜來訪讓我心情轉變很多。

就在我要告訴吉娜為什麼文森那麼沮喪，還有尋找艾倫回憶正好遇到瓶頸的時候。

吉娜的手機突然響了起來：「喔！爺爺，對，我到了。」她邊說邊無奈的翻白眼：「好，我現在馬上出去。」

掛掉手機後，吉娜邊起身邊拿行李問我們：「你們也要走了嗎？我爺爺在外面，他可以送你們回去。」

「走吧。」我正想問文森，結果他自己卻比我快一步起身：「繼續待在這也沒有用。」

在吉娜爺爺的車上，我們都不敢吭聲（反正文森本來就不愛講話了。），吉娜的爺爺是個健壯的老兵，哪怕頭髮已經灰白，開車還是很穩，而且腦子清楚的不得了。

「我的孫女好久沒來看我了。」他的語氣聽來有些埋怨，但又有點高興。

「哎呀，爺爺，」吉娜尷尬回答：「課業很忙啊。」

「唉，你們這些年輕人，就像妳爸爸當年他離開孟特爾鎮，就沒有再回來過。」爺爺邊嘆氣邊說：「時間過得真的很快，妳也長大了，現在大家都不叫我約農，都叫老約農。」他邊說邊感嘆。

「不會，爺爺還很年輕。」吉娜回答。

「唉，真的老了。」老約農慈愛的摸著孫女的頭：「日子過得真的很快。」

「這裡也改變好多，」吉娜說：「我記得小時候來這裡，沒有那麼多車那麼多商店，空氣也很好。」

老約農冷哼道：「還不是華倫斯企業！」他的語氣開始激動起來：「自從他們買下了這個小鎮，就一定要把這裡搞得烏煙瘴氣。」

老約農說了很多我聽不懂的話，但是我看到他的憤怒和情緒，大膽猜測他應該說的都是方言髒話。

「爺爺你不要生氣啦。」好險吉娜連忙哄他：「生氣對身體不好。」不然他的情緒如果一直在沸點，開車愈來愈快，不知道我們的下場會是什麼。

吉娜從側背包拿出一份東西：「你看，我剛剛幫你買了什麼。」

老約農挺起胸膛，深吸一口氣，繼續開車：「喔，是《孟特爾日報》。」

「《孟特爾日報》！」坐在後座的我和文森，本來還在氣餒和沮喪的情緒中，一聽到《孟特爾日報》就像重獲新生高興大叫。

文森直接衝到前坐：「讓我看看！」

吉娜似乎被我們的行為嚇了一跳，但是她還是緩緩的把報紙拿給文森。

「謝謝。」我尷尬的對她說。

文森打開車內的燈，開始東看西看，東翻西找：「不行！」他放下報紙看著我：「我今天晚上可以住你家嗎？」他問我：「現在我根本沒有辦法研究這份報紙，車子晃動太厲害了。」

「可是，」我真沒想到他竟然會這樣要求：「不好意思，這份報紙今天可以讓我先帶回家明天還你們嗎？」我面有難色的看著吉娜和老約農。

「可以啊，爺爺，你覺得呢？」吉娜問，還好她對文森的表現沒有反感。

老約農還在開車，頭也不回打趣地說：「如果是吉娜的小男友想要借，我當然願意借給你們。」

文森聽見了，愉快的躺回椅背，他緊握著《孟特爾日報》也不管上面厚重的油墨味，就好像那是一張中頭彩的彩券，誰都不能搶走他。

「《孟特爾日報》應該是唯一，」老約農對我們說：「孟特爾鎮唯一僅存的純真了。」

「我記得你曾經說過，《孟特爾日報》的老闆是一個好人。」吉娜說。

「對啊，伊登的確是一個大好人，五年前的孟特爾鎮所有鎮民，都非常喜歡他。」老約農說：「可是自從華倫斯企業併吞了這裡之後，我就好一段時間沒看到他了，我聽說他一輩子都為了抵制華倫斯企業而戰，卻搞得自己妻離子散。」

老約農這些話，讓我想到我也曾經在華倫斯渡假村看到伊登本人，還有他看到我似乎很歉疚，眼眶還充滿淚水。

是我看錯了嗎？還是他真的對我感到抱歉？他又為什麼要對我抱歉啊？

倒數第三天

我和文森坐在客廳，我們因為整晚沒睡而疲憊不堪，文森試著用許多方式來解答那份日報，每個版面的頭和首第一個字，或者任何廣告頁，我們都試著組合。

這是一份七張十四面的小報，比起一般報紙內容不多，大部分都是比較親民和樸實的內容，有點像是學生的校刊。

大部分都是在介紹孟特爾市所發生的人、事、物，雖然不灑狗血，但是你如果住在這裡久一點，你很容易就會發現自己所認識的人也會在這些報紙內容當中，我隨意翻閱，幾乎所有的內容和場景都和我的生活息息相關，轉角早餐店、雜貨店的小黃狗等。

也可以說《孟特爾日報》是唯一沒有華倫斯企業的東西，就好像你在A公司的期刊，絕對不會看到B公司的資訊一樣。

文森還是專注在這份報紙上，客廳的長桌被一堆廢紙占滿了，這全是他的傑作，他試著用許多方式探討這份報紙所帶給我們的訊息。

但是似乎還是找不到合理的答案，他看起來就像是要把報紙都看破了，非得要知道正確資訊才甘心。

已經剩下兩天了，我真的找得到偷走我回憶的人嗎？我真的要得回艾倫的回憶嗎？我懶散的躺在沙發上，昨晚都沒睡讓我非常疲倦。

「該死！」文森用力拍桌，接著無力的攤在沙發上：「我以為我要破解了。」他疲倦不堪，看起來就像個失敗很多次大考的可悲考生：「我需要來杯咖啡，時間不夠了。」

我聽了連忙起身去泡杯咖啡給他喝：「我們順便吃點東西吧。」

幾分鐘後，我們兩人改轉移到餐桌，我替我的客人準備了一個簡易三明治（其實就是果醬加肉鬆。）文森大口吃著，好像還在思考，根本沒發現這個奇怪的組合。

「你覺得吉娜會特別跑來幫我，」我剛好在回吉娜簡訊：「是不是因為她對我有好感？」

吉娜告訴我她晚一點才能和我們見面，因為她難得來，所以要先陪爺爺。

其實我對吉娜也不是沒有好感，只是我們當好朋友當很久了，而且又相隔兩地，老實說，就算雙方有意也擦不出什麼火花來。

但是她這次特別趕來，說真的讓我滿感動的。

「吉娜會來幫忙你，是因為她對你愧疚。」文森喝著咖啡，連看也不看我一眼。

「為什麼？」我問。

「我也不知道。」他喝著我為他準備的咖啡，大言不慚的說：「應該不是因為什麼喜歡你。」

我沒回話，對他這個答案非常不滿意。

「那她對我愧疚什麼？」我反問他：「我不覺得她有做過什麼對不起我的事。」

「我不知道。」文森喝下最後一口咖啡：「你們過去發生什麼事，我怎麼會知道？」接著他起身準備離開餐桌。

我聳了聳肩，對他的回答真的很不滿意：「你只不過是一個連圖書館借書需要借書證都不知道的蠢蛋。」我本來想要這樣回嗆他，但是話到嘴邊我又吞了回去。

因為我心裡很清楚，文森其實把我當成很好的朋友，他也幫了我很多忙，身為好朋友不該為了他講話太過直接就懷恨在心。

何況他平常根本很少講話啊。

「至少，我可以確定她有把你當朋友。」他說：「因為沒有朋友會這樣奮不顧身幫忙。」雖然不知道是不是安慰我，但我打從心底認同他這個答案。

爸媽回來看到我們，散亂的坐在沙發上，電視又開得很大聲；爸爸馬上皺著眉問：「你們一整天是在忙什麼？」

我還在想藉口要回答，媽媽卻說：「記得把這裡收拾好，我頭還是有點暈。」她說：「我先去休息了。」

說完她也不等我們回應，就一個人默默走到房間。

幸好文森本來就不是一個在意禮貌的人，何況他現在正沉迷解讀《孟特爾日報》，所以他一點也不在乎爸媽對自己的反應。

爸爸先幫自己倒杯水，然後才坐到沙發上，他坐在我旁邊把水硬是放在一個小小的空間裡，因為桌上全都是文森寫的廢紙。

應該說整個客廳都是文森的廢紙，不論是地上還是角落，他本來還要貼幾張在牆壁上，但因為我怕留下痕跡所以被我阻止了。

「你媽似乎對於艾倫的事，非常在意。」他看著雜亂的長桌。

我一聽到他這麼說，心虛的冒起冷汗：「可能這是一個過度期，」我說謊：「畢竟艾倫走對我們打擊太大了。」覺得口乾舌燥。

我發現到現在我還是無法對爸媽說出真相，雖然，爸爸已經比原本還要更好溝通，媽媽也比較有精神了，但他們會變成這樣都是因為我啊。

「你要找的那個人找到了嗎？」他問我。

「沒有。」我感覺我的心跳的好快，因為我知道爸爸接下來要問我什麼。

「卡特，我想問你，家裡最近發生這些事，」爸爸果然問我了：「跟你要找那個人有關嗎？」

我該告訴爸爸事實真相嗎？假如我找不回艾倫的回憶，我們全家都要背負著冷血的罪名，因為我們全忘了艾倫，我們唯一可愛的小弟。

我如果不說，對爸媽是不公平的，因為我擅自賣了他們的回憶。

我嚥了一下口水，一本正經回答：「不，沒有關係。」但我還是沒有勇氣承認自己犯下了這麼大的錯誤。

「這樣啊，」他也不懷疑我：「那你現在有什麼進度要告訴我嗎？」

《孟特爾日報》我心虛的將報紙遞給他：「是我們現在最後的線索，但我們一直卡在這。」我翻著報紙：「我們試過很多方式了，頁碼拼湊，單雙號，每一頁最後一個字或最前面一個字。」

《孟特爾日報》爸爸接過我的報紙說：「我倒是沒看過，以前有人常說：『要了解孟特爾鎮就一定要買一份《孟特爾日報》。』」

「我知道，」我說：「我們昨天找這份報紙找了好久。」

爸爸沒回我話，因為他正在看報紙：「這個《孟特爾日報》，」他將報紙攤在桌上：「每一篇報導的記者，都是寫英文名。」

「可能本來就是這樣吧，」我不以為意：「普通報紙會這樣嗎？」

「不會啊，寫中文的內容當然就是中文名啊，報紙是比較正統的東西，不像網路可以取筆名取得比較隨意。」爸爸說：「也或者《孟特爾日報》比較特別吧？」

文森本來正在閉目養神，也或者他在思考，他一聽到爸爸說的話，馬上從沙發上起身：「卡特，你問問老約農，以前的報紙也是用英文來標名記者的名字嗎？」

發現這個訊息，我連忙照他說得做：「吉娜嗎？」我打給吉娜：「妳能不能幫我問一下妳爺爺，以前的《孟特爾日報》上面的記者，他們是用英文字母寫自己的名字嗎？還是中文字？」

吉娜聽了，在話筒較遠的那一端我聽到她問：「爺爺，以前《孟特爾日報》上記者的名字是寫英文還是中文啊。」

「中文啊！」老約農回答得很大聲：「只有現在一堆崇洋媚外的年輕人，喜歡搞什麼英文名，也不想想你現在是住在亞洲！又不是美國！」

「是中文，怎麼了嗎？」吉娜對我說。

「喔，謝謝，我想我們應該要解開《孟特爾日報》的謎題了。」

我才剛和吉娜道謝並且掛掉了電話，文森已經把所有記者的英文下來了：JOANNA、DEMI、URSULA、MARZ、AILSA、LORI、ZOE、JUDITH、ELLIN、JILL最後是IVY總共十一位記者。

「把所有名字的第一個英文字母拿出來，」文森邊說邊用紅筆圈出每個單字的第一個字母：「再把最後一個英文字母也圈出來。」他又換了一隻藍筆，開始圈出每個名字的最後一個字母。

「所以其他字母都不需要嗎？」我問。

「對，通常都是頭或尾的字母，其他不太重要，只是不要讓一般人發現而已，」文森頭也不抬，繼續寫：『J、D、U、M、A、L、Z、J、E、J、I』還有『A、I、A、Z、A、I、E、H、N、L、Y』他很認真的又核對了一次：「現在我們必須要從這些英文字母找出線索。」

與其說他是對我們說話，不如說是對自己說話：「會是英文嗎？還是什麼專有名詞？應該會是我們都了解的語言。」

爸爸轉過來看著我，那種表情很像是說：「你在哪裡認識這個瘋子朋友？」

我聳聳肩，對他攤手搖頭表達我的無奈，文森是個推理狂，我們因為福爾摩斯成為朋友，只要關於推理和解謎，他就會完全沉迷，無法自拔。

「如果硬要解釋的話，」爸爸對文森說：「這兩組字母的前六個字母都剛好是兩家餐廳的名字，」爸爸邊說邊寫下來：「JDUMAIL還有AI AZAZ。」他看著我們：「希望這有幫到你們。」

「對！這兩家餐廳距離很遠嗎？」文森問。

「AI AZAZ就是我們之前常吃的漢堡店，」我拿著手機查看地圖：「至於JDUMAL就在他的隔壁。」我繼續瀏覽手機：「那是一家義大利餐廳。」怪不得我覺得這個名字這麼眼熟。

「感覺還不錯。」我把手機給爸爸看，爸爸也好奇的湊過來看。

可是文森對這個一點興趣也沒有，他早就已經走到門邊：「走吧！我們必須要去那裡看看。」

我們到了兩家餐廳的中間，文森不斷四處張望尋找答案，看看有沒有什麼可疑的人，現在是晚上八點半了JDUMAL已經快關門了，餐廳裡的客人幾乎都走光了，服務生正在搬椅子拖地準備結束營業。

至於AI AZAZ因為開到午夜，所以還是燈火通明，不斷有人進去又出來，服務生就站在櫃檯前。

時間越晚漢堡店人來人往的人也愈來愈少。

有一個微胖的女人拿了一袋食物走出來，因為吃過AI AZAZ所以我知道那是他們有名的醬式炸雞，這個香味讓人垂涎三尺。

我突然想到從早上開始一直到現在，我們都只吃一份特製三明治和一杯咖啡。

就在我打算問文森我們要不要乾脆先吃飯的時候，我感覺我的後方出現了一陣閃光，應該是說是AI AZAZ的鏡子反射白光。

我發現有人正在偷拍我們。

我驚訝的看著文森，敏銳的他馬上衝上前，對方知道我們發現了以後，立刻拔腿就逃，我還來不及反應為什麼會有人偷拍我們的時候。

文森已經追著那個人，快要離開我的視線。

「等一下！」我馬上也加入他的行列。

我跑了大概一條街，才看到文森，他大口喘氣著：「不行，我們要分兩頭包夾他。」文森指示我：「你往那個方向，我往這邊！」

「對方是一個男人，穿藍色牛仔褲和淺黃色上衣。」文森提醒我。

我點點頭，接著按照他的指示往另一個方向跑過去，就在我又跑了將近一條街的時候，在十二點鐘方向離我不遠的地方，我看到一個穿黃衣服的男人。

他的黃衣服在這黑夜裡看起來更加明顯。

黃衣服男人有點遲疑，他左顧右盼，似乎是迷了路，我連忙一個箭步，往他的方向衝去，他發現我正衝過來，嚇了一大跳下意識的想往反方向跑。

結果卻被文森從另一邊擋住了去路，我立馬又衝上前，縮小他的範圍。

當我離他更近時，在路燈的照耀下，我才看到了他的真面目。

「是你，米洛。」我驚訝的看著米洛，無法相信眼前這個人會是他。

米洛看起來更瘦弱了，精神甚至比上次在速食店看到還要更差，他明明跟我差不多年紀，看起來卻像一個萎靡的老頭，過去每個女人看到他總會把他當明星一樣崇拜，現在的他，看起來就像個精神病患，人人閃避。

「又是你卡特！」雖然我不知道他為什麼比我更快說出這句話，看來他似乎也很驚訝其中一個人是我。

「你來這裡幹什麼？」我問。

「這裡是大馬路，」米洛顧左右而言他：「我想在這裡不行嗎？」

「你剛剛拍了什麼照片？」文森問他：「為什麼要拍我們？」

「誰拍你們啊？」米洛一副嫌棄我們的樣子：「我是拍那家餐廳不行嗎？」

話才剛講完，文森一個箭步往他背後衝去，接著我只聽到米洛哀號一聲，文森的手已經掐住他的脖子了：「你不說實話是不是？好！卡特你從他口袋拿出手機。」

米洛想掙脫，但是卻被文森牢牢的定住，他連動也不動不了，我從他的口袋拿出手機，發現他從昨天我們在找報紙的時候，就一直跟蹤偷拍我們了。

「你為什麼要跟蹤我們？」文森問。

米洛不回答，只是冷哼一聲不願配合。

文森立刻往他的後膝用力一踢，這一踢害米洛整個人往下跪，文森又站前將手腕抵住他的脖子：「你最好老實說。」

看的出來他這次出的力道比剛才更緊，因為米洛青著臉呼吸困難，幾乎無法再回話：「我說！我說！」

文森聽了才將手腕的力道放輕，但是他還是架著米洛以防他逃跑。

「有一個男人打電話叫我這兩天跟蹤你們並拍照，」米洛乾咳著：「他說我只要這樣做，就可以得到一筆錢。」

「是哪個男人？」文森問。

「我也不知道，是他主動打給我，說我把跟蹤你們的照片傳給他，我就可以拿到十萬。」米洛說。

想不到我們的照片竟然那麼值錢。

「我要那個男人的電話，」文森掐的更緊了：「現在給我！快！」

米洛痛苦的慘叫一聲：「我已經把你們昨天的照片寄給他了，你們在簡訊寄件夾的地方就會看到了。」

我將手機轉到簡訊首頁，果然有幾張照片已經發送出去了。

我仔細看了這個手機號碼，不會錯的，那個號碼：「這個號碼，」我驚訝的說不出話來：「這個號碼是跟我定契約那個男人的號碼。」

「那個男人是誰！」文森幾乎是用盡全身力氣掐住米洛脖子：「告訴我！」

「哎喲！」米洛呼吸困難：「我真的不知道，只是我需要錢買毒品，所以我才接受這個工作。」

「你用他的電話打給那個人看看。」文森說。

我發著抖，照他說的話做；緊張到連電話都拿不好，對方如果接通了呢？我要說什麼？也或者對方在遠遠的地方監視我們，所以不會接我的電話。

「喂。」

對方，對方竟然接電話了。

那是一個很遙遠又空洞的聲音，確定是一個男人的聲音，但是無法確定是不是當初在墓園和我簽訂契約的同一個男人。

「我是李卡特！」我幾乎是用全身力氣吼著：「我要取消契約。」

對方沒說話，但我依然可以感覺到他沉重的呼吸聲：「你知道規則的。」說完他就把電話掛斷，連讓我回話的機會都沒有。

規則就是我必須要找到這個人，知道他是誰，才能對他說出我要取消契約。

我原本以為對方好歹會對我說句：「祝你好運。」但對方似乎不願意多和我說句話，就掛斷了電話。

文森放開了米洛，米洛氣得又叫又跳：「該死！該死！」就算他現在呼吸很不順暢，他也無法壓抑自己的憤怒：「李卡特！你到底是要怎麼整死我？現在我唯一一個機會沒有了，我要錢！我需要錢！」

我看著他，他氣到發狂，哪怕他的身子單薄卻還是讓人感覺他有威脅性：「你他媽！都是因為你弟弟！」

一聽到他提到艾倫，我馬上亂了呼吸。

「因為你弟弟！害我家老頭不給我錢了！但是我就是需要錢！我就是需要毒品！」他整個人崩潰：「我好不容易有錢！卻被你毀了！」

他整個人跪倒在地上不再說話，剛才那翻嘶吼似乎已經用光他全身所有力氣；我把手機丟到他面前，但是他卻連看都不想看。

「這個人要怎麼處理？」文森問我。

「就讓他這樣吧，」我說：「他對於我弟弟的死一點也不在意，他只是買我契約那個人底下的一顆棋子。」

文森拍拍我的肩膀：「沒關係我們還有時間，還有一天。」

我點點頭：「我只是很驚訝以前我們怎麼會這麼害怕這個人，其實他只是一個被酒精和毒品操控的人罷了，他的意志力甚至比任何一個人更薄弱。」我解釋。

「有的時候，我們常常將我們所害怕的東西巨大化了，其實他們根本沒那麼可怕。」文森回答我。

倒數第二天

我、吉娜、文森，我們三人坐在客廳，還是盯著那些英文字母發呆，文森又陷入了自己的情緒當中，我和吉娜只好繼續將字母拼湊好，我們都渴望靈光一閃，突然有驚人的答案出現。

但是已經過了整個早上了，我們卻什麼想法也沒有，只是不斷推翻自己的答案，因為這一切都太不合乎邏輯了。

天啊！今天已經是第十九天了，我們卻又卡在這個進度上。

吉娜疲倦地起身，接著她開始整理散亂的廢紙。

文森只要一開始推理思考，就陷入自己世界，雖然散亂的廢紙全是他的傑作，但是，他看到吉娜在清理，卻一點歉意也沒有。

他只是來回走動，一下站起來一下又坐下，又塗又畫，而且還不斷喃喃自語：「是這樣嗎？該死！為什麼不是？」

「你們還坐在這啊？」媽媽從房間走出來，對我們的耐心感到很驚訝：「學校的功課有這麼困難嗎？」她看著兩眼無神，頭髮雜亂的文森。

「嗯。」我尷尬的回應，還好前幾分鐘吉娜已經把客廳稍微整理了一下，至少客廳現在看起來比幾分鐘前好的多。

媽媽順手拿起一張廢紙：「你們是在學漢語拼音嗎？」她問。

文森的腦袋就像被人打醒：「漢語拼音是什麼？」

「所謂的漢語拼音，就是以英文字母拼漢字，簡單的說就是比如你好，就是NI HAO，通常都是用在華人的護照上，或者是方便外國人學習中文。」媽媽解釋。

文森聽了連忙找到昨天挑出的字母，『J、D、U、M、A、L、Z、J、E、J、I』還有『A、I、A、Z、A、I、E、H、N、L、Y』，開始拼湊漢語拼音。

幾分鐘後，他突然大叫起來：「原來是這麼簡單的事！我們都想的太複雜了！」不知道為什麼，我知道他很想笑，但是他似乎笑不出來。

他的嘴角想上揚，但是卻無法露出真正開心的微笑，不過不管怎樣，我真的可以感覺到他非常開心。

「我把這些名字第一個名字看第一個字母，第二個名字看最後一個字母，然後又把第三個名字看第一個字母，」他邊說邊順著寫：『JIU ZAI ZHE LI』。

我看著這幾個字，一時之間有點拼湊不出來。

「就在這裡。」媽媽突然說：「這幾個字的意思是就在這裡。」

「對！」文森贊同她的答案：「但是到底是哪裡？」

「卡特，」他對我說：「你上次跟杜傑克要的名單還在嗎？」

「在這裡，」我將名單遞給他：「怎麼了嗎？」

他不理會我，接過我手上的名單開始用力翻閱：「一定會有！一定會有這個人！」接著他在其中一頁停了下來：「走吧！」他對我和吉娜說：「我們要去《孟特爾日報》。」他指著名單，上面清楚寫著：「《孟特爾日報》老闆陳伊登」。

《孟特爾日報》，似乎是孟特爾市最老舊最不開發的小公司，一踏進去就可以感覺濃濃的油墨味，再加上黯淡的燈光，實在很難讓人聯想起來，這裡曾是孟特爾鎮最大、最著名的報廠。

我們三個人走進去，發現大部分的員工都走光了，只有一個男人坐在位子上，他一看到我們，以為我們是來砸場：「出去！出去！這裡沒有什麼好看的！如果要《孟特爾日報》明天早上五點自己去便利商店買。」

「我們不是來買報紙的，」我說：「我是來見伊登先生的。」我故意學爸爸當初要求見杜傑克的那種成人語調。

他先是愣了一下，之後想了想又說：「你們有預約嗎？」

「沒有。」我心虛的說：「但是我們一定要見他。」

原來在大人的世界不管怎樣都要預約，不但吃飯要預約，你連見一個人只花對方幾分鐘也要預約。

「不行！不可能！」男人拒絕我們：「就算《孟特爾日報》是小公司，也不能允許你想見老闆就見老闆。」

我很後悔我竟然坦白承認我沒有預約，如果像爸爸一樣騙他說有預約就好了。

「求求你，我是李卡特！他一定知道我！」我變回一個高中生，哀求他。

想到剪綵那天他看到我這樣驚慌和難過的表情，更可以確定他絕對認識我，也絕對是他買走了艾倫的回憶。

「你是李卡特？」男人一聽到我的名字，態度起了很大的轉變：「你為什麼不早說？」反而責備我。

「伊登先生有交代我，」他說：「要我禮遇你。」

「他知道我們要來？」文森問。

「對，你好，」男人變得非常客氣：「我叫羅夫，日報的謎題是我想出來的。」

「你是說漢語拼音嗎？」文森又問。

「對，」羅夫顯得很自豪：「我覺得很有創意。」

文森沒有回答他，只是抿著嘴脣思考。

對於這個轉變，我們三個人都感到很吃驚。

「所以你們是故意引誘我們來這嗎？」文森又問。

「也可以這麼說。」羅夫回答。

「為什麼？」吉娜問。

「我不知道，伊登先生只叫我這麼做，」羅夫說：「總之請三位跟我到伊登先生的辦公室吧。」

「不用了。」伊登早就走出來了：「我不是告訴過你，時間有限嗎？」他看著羅夫：「他們的時間很寶貴。」

「唉！他一開始又沒說他是李卡特。」羅夫似乎對於自己所犯的錯感到非常抱歉，他頭低低的走到自己的座位，看起來充滿委屈。

「你們跟我進來吧。」伊登領著我們走進他的辦公室。

那是一個主要以木製擺設簡單的辦公室，牆上還掛著一幅大大的山水畫，畫的下方有個簡易黃金葛盆栽，旁邊放著幾本書籍，還有兩個硬殼德國夾。

以一個人人口中大好人先生伊登來看，辦公室的裝潢似乎顯得太過於簡陋了些，就連杜傑克的辦公室都比他更光亮，空間也更大。

「你們來找我做什麼？」伊登問。

說也奇怪，明明是他吸引我們過來，卻反問我們來這裡要幹麼。

他坐在他的辦公桌前，另一頭剛好有幾張滾輪椅，他指示我們坐下：「你們有什麼話要對我說嗎？」

「我要取消契約。」我說，我原本以為我的情緒會非常激動，但是這一次卻沒有第一次情緒那麼激昂。

「你的契約不是跟我簽的。」他微微苦笑：「是跟一個更不得了的人。」

一聽見他這麼說，我的心情又跌落到了谷底：「為什麼不是你，」我傷心欲絕：「沒有時間了。」

「因為我知道回憶是最重要的東西，所以我不會拿回憶當契約在買賣。」他似乎對我的處境非常同情：「跟你打交道的人，是一個非常聰明的人。」

聽到他這麼說，我更難過了：「天啊。」我將手肘放在大腿上，抱著頭：「我到底該怎麼辦？」

「你放心，再聰明的人百密都有一疏，」伊登提醒我：「你只要發現他唯一的漏洞就可以了。」

「唯一的漏洞，」我抬起頭問他：「你難道不能告訴我是誰嗎？」

伊登搖搖頭：「我們都知道規則，我不能告訴你是誰。」

「規則規則！這個契約一開始就不應該簽！」我憤怒的拍打桌面：「我他媽不知道

自己在幹什麼。」

「對，」伊登冷靜的看著我：「你了解了，有時我們寧可對承擔死者的歉疚，也不要忘記和他們的回憶，因為回憶是最珍貴的。」

我一聽到他這麼說，終於忍不住大哭起來。

吉娜將面紙遞給我，我邊哭邊擦眼淚。

「你現在終於知道，跟你打交道的人，是多麼無情和冷血的人；他會想盡辦法得到他所想得到的，而且從不在意任何人。」伊登越說越激動：「這個人心裡根本沒有愛！」

「你不要說了！」文森突然站起來，他大口喘著氣：「既然沒有辦法告訴卡特，你就不要說了！」

說完他憤怒的走到門邊：「我們該走了。」他看起來就像在壓抑自己情緒，而且完全亂了手腳和分寸，一點也不像平常冷靜的文森。

但是因為當下我的情緒也沸點到最高，所以我根本沒看出文森的異常。

就在李卡特和兩位朋友離開的兩個小時之後，有兩個男人也來到「孟特爾日報」，可惜李卡特並不知道，這兩個男人和買走他回憶的人有著非常大的關聯。

兩個穿著西裝冷酷的男人，他們走進伊登辦公室，看見伊登冷靜的坐在自己的辦公椅上：「我就知道你們會來。」

伊登似乎早就意料到這兩位不速之客的到來，他冷冷得看著他們：「果然還是嫌我礙事是嗎？」

「已經給過你很多次機會了。」戴眼鏡的男人似乎權利比另一名男人大：「我們忍耐你很久了。」

「本來你要怎樣胡鬧都跟我們無關，」眼鏡男一屁股坐下翹著腿：「因為只要有錢，再怎麼難堪的醜聞都可以靠錢掩蓋過去。」

另一個男人警覺性得站在旁邊，就好像發生什麼事隨時都可以有所行動。

「你們那個是醜聞嗎？」伊登冷冷的回答：「根本就是見不得光的真相。」

「你也是有見不得光的真相怕被人揭穿啊，」眼鏡男對他冷笑：「本來這件事，是不會讓任何人知道，要不是因為你協助李卡特，變得更礙事！」他指著伊登：「這個下場是你自找的。」

「要讓他們知道就讓他們知道吧，」伊登氣餒得說：「我比你老闆光明磊落多了，我可不想一輩子都在愧疚中。」

眼鏡男大笑起來，就好像伊登講得是多麼好笑的笑話：「如果你真的這麼有膽量，剛才李卡特來的時候，你為什麼沒有勇氣告訴他真相？」

伊登不說話，眼鏡男笑得更大聲了：「因為你害怕。」他又指著伊登並且大聲嘲弄：「李卡特一家之所以會變成這樣的下場，全都是因為你！陳伊登！因為你的兒子陳米洛殺了李卡特的弟弟艾倫！」

伊登沒有答話，他只是覺得暈眩和痛苦，自己一生為了反對華倫斯企業而戰，只知道拿錢收買兒子和老婆，結果老婆得不到愛和自己離婚，兒子卻變成這個社會的大問題和毒瘤。

他想起那時他在現場看到李卡特一家，還有艾倫的屍體，他怎麼也沒想到監視器調出來竟然是自己那個瘋狂的兒子慫恿小孩吸安非他命。心狠手辣欺騙一個可愛的五歲小孩吸毒。毒品非常致命，又何況是一個五歲的小孩？他更無法相信米洛在發生這些事之後，卻毫無懊悔和羞恥心，反而對於毒品越陷越深。最後，他捨棄了這個兒子，不再給他錢花用，米洛因此變成一個一無四處的毒蟲，他什麼壞事都幹盡，就算出賣自己靈魂也在所不惜。

對米洛來說，毒品才是生活的重心，他早就無藥可救。

他不再承認這個兒子，雖然他內心很清楚，這種父和子的血緣關係是永遠斷不了撇不開的，也許就因為這層關係，所以他從沒有把當初米洛房子裡的監視器交給警察局，甚至他還請了最好的律師替米洛脫罪，因為他心裡還是想保護這個兒子。

可惜他的兒子並不感激他，反而變本加厲；就好像不在乎不在意這層深厚的血緣關係。

他回想起在渡假村看到李卡特和他的爸爸，他的內心是羨慕和激動的，他也希望能夠改進父子關係，至少兒子願意和自己多說話。

但是龐大的責任感和自以為的使命感，讓他遺忘了兒子和妻子，不但摧毀了他自己的人生，也同時毀了李卡特一家人。

「你知道你的兒子陳米洛，他為了毒品正在替華倫斯企業做一些不法的勾當嗎？」

眼鏡男故意用一種極為遺憾的語氣講：「可悲，為了毒品工作；可悲，為了毒品替爸爸一輩子的仇人工作，更可悲。」

伊登聽到這些話，就像受到了更大的打擊：「不可能！」他躺到椅背好讓自己不會太容易昏倒：「不可能！」他撫著胸口，大口喘氣，這個消息帶給他非常大衝擊。

「相不相信隨便你，」眼鏡男非常滿意他的反應：「明天，華倫斯企業就會公布收購你的《孟特爾日報》，而且在世人面前揭穿你只不過是一個偽君子！」

說完他們就離去了，留下伊登獨自一人。

當他們踏出報社時，伊登忠心的手下羅夫，連忙跑到辦公室關心伊登。

「伊登先生，你還好嗎？」羅夫無法了解，向來在大家面前光明磊落的伊登，為什麼會因為這兩個不速之客的到來，而變得悲痛欲絕。

羅夫扶著伊登，伊登終於語重心長的說：「我的教育真的是太失敗。」

爾後，這個老男人就像一個三歲小孩般哭的絕望。

最後一天

「卡特！快點！快點起來！」爸爸突然衝進房間叫醒我。

我驚嚇的馬上爬下床：「怎麼了？怎麼了？」

但是爸爸沒有理我，他一叫醒我人又走出去了，電視聲音很大聲，我走到客廳，發現爸爸和媽媽都在客廳。

他們坐在沙發上，目不轉睛的盯著電視：「是的！我們剛才得知《孟特爾日報》的主編兼老闆陳伊登，他的唯一兒子陳米洛是兩年前曾經殺害李泰勒小兒子李艾倫的殺手。」

畫面轉到一個監視影片，艾倫本來一個人在客廳遊蕩。

米洛突然出現，雖然畫面很不清楚，但還是可以看出來米洛正在餵艾倫吸毒。

「喔！不！」媽媽發出悲鳴。

我的五歲弟弟艾倫，竟然是被米洛害死的！

得知真相後，我驚訝的說不出話來，想到前幾天還看到米洛，他的態度和行為完全不像是殺死弟弟的真凶，反而還一直責怪我毀了他的人生。

我覺得喘不過氣，氣到無法言語。

知道這駭人的真相後，如果沒有契約，我們恐怕會悲傷到死。

「這位陳伊登是一個怎樣的人呢？」女記者站在孟特爾報社門口：「我們來問一下當地的鎮民。」

「他人很好，他是一個好老闆。」我發現那個人《孟特爾日報》的員工羅夫。

「我不敢相信，他的兒子竟然會做這種事。」另一個我不認識的阿姨說：「因為伊登先生在我們心中是一個可靠的好人。」說完她竟然哭了起來。

「由這裡我們可以知道，陳伊登其實是大家眼中的好人，但為什麼他的兒子卻會犯下這種可惡的錯誤呢？或是另有隱情？有任何最新消息我們再向大家報導。」記者說完，畫面又轉回了主播檯。

「是的，謝謝妮可，」男主播坐挺著身子繼續報導：「這個震驚社會的案件，我們找到了受害人李泰勒一家，現在請看連線報導。」

電視機前的畫面竟然是我家樓下，只見外面站了好幾個華倫斯企業的保全，記者們都無法再向前靠一步。

「沒有錯，記者現在在李泰勒家，也就是死去的五歲小孩李艾倫的父母家，」男記者指著身後：「我們可以發現後面有許多華倫斯企業的保全，不讓我們進去訪問，剛才稍早的時候，華倫斯企業有表示，這棟員工大樓屬於華倫斯企業的產業，若是有其他外人踏進一步將按照私闖私人土地法辦。所以我們沒有辦法訪問到李泰勒本人。」

「天啊！」爸爸無力的看著電視。

「我是不是該恨殺死艾倫的凶手，」媽媽突然看著我們：「但是我卻一點感覺也沒有。」她的表情很驚慌很害怕，她非常驚恐自己竟然對於艾倫的死毫無知覺。

不是只有媽媽，我和爸爸也對於這種矛盾的心情，感到自責和痛苦，我們想哭可是淚流不出來，我們希望忿怒，可是卻毫無知覺。

死的是我的弟弟艾倫，可是因為契約的關係，這一切變得像折斷一支鉛筆一樣簡單容易。

我拿起手機，想要傳簡訊給文森和吉娜，但是我發現吉娜已經先傳簡訊給我了：

「卡特，對不起我其實早就知道凶手是米洛了，可是我沒有勇氣出面指認。」我看著吉娜的簡訊，心情更複雜了。

原來吉娜會千里迢迢來到這裡，全都是因為對我感到抱歉，現在我真的不知道該回答什麼，所以我只好將手機關掉。

現在的心情太過複雜了，我必須要好好清空我的情緒，才能想辦法做好每件事。

場景又回到了電視臺，那位戴眼鏡的男主播又說話了：「我們剛剛得知華倫斯企業決定要併購《孟特爾日報》，現在我們來看看華倫斯企業的發言人怎麼說。」

一個看起來瘦高的男人在記者會上說話了：「由於陳伊登父子不當的個人行為，導致《孟特爾日報》惡性倒閉，因此華倫斯企業在此宣布要併購《孟特爾日報》。」

「請問會繼續經營《孟特爾日報》嗎？」有個女記者問。

「因為《孟特爾日報》近幾年營運並不好，所以華倫斯企業決定要取消報社的經營，至於之後會有什麼改變和方針，會再告訴大家。」發言人回答。

「真是難得，」爸爸看著新聞說：「我以為董事長又說要經營看看，」他解釋：「華倫斯企業什麼錢都想賺。」

「如果他繼續經營《孟特爾日報》，」我問：「那老闆還會是伊登嗎？」

「應該是，不過我想伊登現在名聲這麼差，應該也會影響他的營運吧。」爸爸不可置信的說：「事情怎麼會搞成這樣子？」

突然有一道曙光正在我的腦中慢慢擴散發亮，我看著新聞又看著爸媽，感覺正確答案就在眼前了，但我卻還是摸不到也勾不著。

「我記得你說過華倫斯企業不管大大小小的營運，都是由董事長決定的是嗎？」我問爸爸。

「對啊，他想怎麼做就怎麼做啊。」爸爸回答。

我連忙拿起手機撥電話給杜傑克：「不好意思，我想請問，華倫斯企業董事長高莫爾是否曾經住過渡假村嗎？」答案好像就在眼前了。

「他？好像沒有耶。」答案又被破滅了。

「那他都沒有去過嗎？」我窮追不捨：「就算只是待一下子。」

「有是有，」杜傑克回答：「但真的沒有待太久，他家比華倫斯渡假村高級，根本不需要來住。」他自以為幽默的說。

「他有沒有拿走任何東西，就算是便條紙也好。」我不逼迫杜傑克回想。

「印象中，他好像有撕下一張便條紙，好像是寫下他私人助理的電話。」杜傑克解釋：「因為老闆通常不會記住私人助理的電話，所以我對這件事還滿有印象的。」

「好！謝謝！」我邊道謝邊熱淚盈眶。

華倫斯企業董事長高莫爾，為了要阻止《孟特爾日報》陳伊登再掀自己的底，所以他將陳伊登的兒子兩年前害死艾倫的祕密公布出來，也連帶收購了陳伊登的《孟特爾日報》。可是《孟特爾日報》就是告訴我誰買走我回憶的唯一訊息，所以高莫爾才會決定讓《孟特爾日報》倒閉。因為高莫爾就是和我簽契約搶走艾倫回憶的那個可怕男人！

「你們一家還好吧？」杜傑克問：「我剛才有看到新聞，真的很替你們惋惜。」

「暫時還好。」我看著爸媽，他們全都面對這個突如其來的重大消息，不知該如何是好。

於是我掛斷杜傑克的電話，準備和爸媽老實承認契約的事，因為我知道如果我現在不承認，過了明天我就沒機會改變了。

「所以你現在告訴我，你要去找董事長？」爸爸驚訝的看著我：「因為他二十天前和你簽了契約，你把我們一家對艾倫的回憶全部賣給他了？」

我點點頭，眼淚因為悔恨和驚慌而止不住。

「你是不是在開我玩笑？」爸爸似乎不相信。

「如果這是一場買賣，」媽媽問我：「那他答應給你什麼？」

我拿著我和高莫爾簽的契約，平放在桌上：「你們的原諒。」

爸媽看著那份契約書，不可置信的看著我：「不可能有這種事。」爸爸還是不相信。

「你們之前在瓦妮莎姑媽家，對艾倫的死沒有感覺，就是因為這個契約，」我坦白承認：「二十天前，也就是契約第一天，你們對艾倫的死變得毫不在意就是證據。」

「我以為我是因為走出來了。」媽媽無力的回答：「想不到只是因為契約。」

「這份契約也很矛盾，」爸爸看著契約對我說：「如果我們對艾倫的回憶被出賣了，當然也就不會在意艾倫死，我們又怎麼可能不原諒你呢？」

我看著爸爸，一句話也說不出來。

「所以這個本人就是董事長嗎？」他指著簽名。

「對，而且如果過了今天十二點，我還沒有告訴他要取消契約，我們就永遠忘記艾倫了。」我說，想到又難過的哭起來。

「走吧，」爸爸起身對我和媽媽說：「該是給那個仗著卡特不懂事，不了解契約而欺負他的人，一點顏色看看了。」

「喂，史丹嗎？」爸爸撥了手機問：「我現在馬上就要知道高莫爾那個老狐狸人在哪裡。」

「對，我兒子艾倫的事是兩年前了，現在最要緊的不是這件事，最要緊的是卡特的事，我必須要知道高莫爾在哪裡？」爸爸解釋。

史丹似乎也很驚訝發生在爸爸身上的事，但是他更驚訝爸爸現在的反應：「我現在只想知道高莫爾在哪裡？好，你傳給我是嗎？好！謝謝，你幫了我大忙。」

爸爸一掛斷電話，史丹馬上就把地址傳過來了。

「走吧，」他看著我：「現在時間不早了，已經十一點多了。」

我們看著媽媽，不知道該把她留下來在家裡，還是讓她跟我們一起去，因為如果再送她到外婆家，時間根本不夠用。

媽媽突然站起身說：「我也要去。」她既堅強又勇敢告訴我們：「我要跟你們去討回這個公道，看看那個利用我小兒子的死來傷害我大兒子的人是誰！」

高氏豪宅

在我眼前的豪宅比華倫斯渡假村還要壯觀。

仔細想想，像高莫爾這樣富可敵國的人，竟然會貪圖我們對艾倫的回憶。雖然不該同情敵人，但是換個角度想，他的確是可悲又值得同情。

我原本以為我們可能會上演電影情節，所有人會擋住我們的去路，接著我們就會拔槍，然後和對方一陣槍火之戰。

但是什麼也沒發生，對方看到我們的車，甚至還直接把鐵門打開歡迎我們進來。何況我們也沒像電影一樣擁有強大的軍火，車子也是普通的休旅車不是可以閃閃躲躲的跑車，所以還好沒有發生槍戰。

「這裡真的很大。」爸爸邊開車邊找豪宅大門。

我們將車隨便停在庭園，反正庭園也夠大，夠塞下好幾十部家庭休旅車了。

有個男人不知何時在車子邊等我們，他似乎對於我們隨便亂停車不太高興：「其實，我們有專屬停車場。」他說。

「不！我們不要停車場！」爸爸回絕他：「我們現在就要見高莫爾。」

「董事長已經在等你們了，」他轉過身：「請跟我來吧。」

我原本以為他會故意帶我們繞遠路，因為我們的時間真的不多了；我看著手錶竟然剩下十分鐘。

但是他似乎沒有要做這種小人行為，這間房子很大，這個男人一直帶領著我們，加上我們走的很快，大概走了快五分鐘就來到目的地了。

「就在這裡。」他站在一個黑色的大木門前面對我們說：「董事長就在裡面。」他輕敲兩下門。

「請進。」我隔著木門外，聽到高莫爾的聲音，我突然想起他在墓園那既空洞又孤獨的聲音，頓時，我開始有點喘不過氣。

爸媽突然牽住我的手，他們看著我對我點頭示意，我也點點頭，爾後立刻發現自己眼淚根本停不住。

不行！現在不是哭的時候。

時間已經來不及了！

我打開門，以為會看到一片黑暗然後高莫爾坐在一個國王椅上，他可能會有一隻大型狗，坐在他旁邊，當大型狗看到我們時，會不安的吠叫，然後高莫爾會制止他的狗安靜。也許他會摸摸他的狗，明知故問問我們為什麼這個時間來？

但當我打開門時，除了很強的冷氣有符合我的期待，其他地方幾乎和我所想的有很大的出路。沒有昏暗的燈光，這個房間非常光亮。也沒有什麼國王椅，高莫爾就坐在一張沙發上看著我們，沙發前還有一個小茶几，這個房間看起來像是客廳，但是又比我家的客廳更高級點。當然也沒有大型狗，讓我鬆了口氣。我有點擔心大型狗會咬死我們。

「歡迎你們來到我的會客室。」高莫爾笑著說：「這裡是我死去的老婆設計的。」

沙發後面有一個很大的落地窗，可以看到外頭的景色，窗簾是很漂亮很高雅的粉紅色，地毯感覺也是高級的波斯地毯，我再看看高莫爾眼前的長桌。

長桌上竟然還有三層架點心，難怪他可以悠哉的在這裡喝紅茶。

在靠近沙發的另一個角落，還有另一個小茶几，小茶几上面放著一盆高貴又新鮮的百合花，百合花上的牆壁掛著一個壁鐘，我赫然發現剩下五分鐘就午夜了。

「我是要來拿走我的回憶的！我要取消契約！」我大叫起來，說得很快，就怕時間流逝太快我會來不及。

「你真的確定是我拿走你的回憶得嗎？」高莫爾不疾不徐的喝著紅茶：「你之前難道沒搞錯過？」開始和我玩起心理戰。

我想到我之前曾經誤會過杜傑克還有陳伊登，現在的我真的是對得嗎？被他這樣一說，我的信心竟然開始動搖起來。

「卡特，」爸爸對我說：「你要相信你自己。」

「對，」媽媽也鼓勵我：「我們就是因為相信你，我們才願意和你來。」

「不要被這個老狐狸騙了。」爸爸說：「我們相信你，你更要相信自己。」

「真是一齣家庭感恩喜劇。」高莫爾放下茶杯，虛偽的為我們鼓掌：「看了我都要掉淚了。」

他纖細的手指，拍著手聽起來格外刺耳。既然爸媽都這麼相信我，我真的沒有理由不相信自己。過去我是搞砸了一堆事情沒有錯，艾倫的死我也有責任，但是我知道我變了，我知道我可以改變自己、相信自己，讓一切更好。

「我！我相信自己！」我看著壁鐘剩下一分鐘就午夜了：「高莫爾我要跟你取消契約！」我邊說邊拿出契約，用力撕毀。

契約在我手上碎成碎片，高莫爾站起身走向我們：「你這個傻蛋。」他突然變得易怒火爆，就像個惡魔：「竟然撕毀了契約！」

我大吼起來：「按照契約我只要自己查出你是誰，並且告訴你，我要取消契約，我就可以拿回屬於我的東西了。」

「你一定會後悔的。」他一說完突然痛苦的呻吟，接著跪倒在地。

我好像看到一團白煙，從他的胸口迸發出來。接著我感覺頭痛欲裂，痛到我也無法站起跪倒在地。

「天啊！卡特！老婆！我的頭！」我聽到爸爸在我耳邊掙扎叫喚。

我和媽媽都沒辦法回應，因為突如其來的頭疼讓我們完全說不出話，也使不上力。

在半昏半醒中，我好像看到一個人從木門跑進來。

那個人沒有先扶助我，他反而跑去高莫爾旁邊：「爸爸，你還好嗎？」

就在我認出這是文森的聲音時，還來不及說什麼，我昏了過去。

最後

我看到艾倫站在我面前，他的臉好清晰，看起來也很快樂。

我連忙跑過去一把抱住他：「艾倫！對不起！哥哥錯了。」我邊哭邊說。

艾倫看著我一臉狐疑：「哥哥你沒有錯，錯的是米洛，你一點錯也沒有。」

「可是，」我還想說什麼。

艾倫他不讓我繼續說下去：「哥哥，我下輩子還要當你的弟弟，這輩子你要好好陪伴爸爸媽媽，他們是最好的爸媽，」他把我抱著更緊：「你也是最好的哥哥。」

接著我就像電影快轉一樣，所有艾倫和我的回憶，從他的出生一直到他會走路，他會叫我哥哥，甚至最後他冰冷的屍體，都開始在我眼前飛過。

「哥哥，你們是我最重要的家人。不要再忘記我了喔。」艾倫這麼對我說。

接著我睜開眼睛，看著陌生的天花板，我不知道自己在哪裡，我只知道自己又一次回想起弟弟艾倫死去的事實。

就在我因為失去艾倫而難過的同時，我也慶幸的明白我終於成功拿回了艾倫的回憶。

但是我還是哭了起來。

「你醒了嗎？」我看到吉娜站在我旁邊。

爸媽還有文森和史丹也衝到我床邊來。

「老天，你昏迷了一個星期了。」媽媽對我說：「我和你爸爸昏迷了三天，當我們醒來發現你還沒醒來時，我們真的好擔心。」

「我夢到了艾倫。」我無法壓抑自己的情緒：「我想念艾倫，他告訴我下輩子要再當我弟弟。」我邊說邊顫抖，眼淚還是止不住。

「我們都夢到他了，」爸爸對我說：「沒事的，我們本來就應該要認清他離開的事實，而不是變得對彼此冷漠，艾倫也不希望我們這樣。」

「對不起，」媽媽對我和爸爸說：「過去都是因為我不夠堅強，我太在意艾倫走了，而忽略了我也該愛你們。」她說著說著也哭了起來。

我給了爸媽一個擁抱，我真的好高興艾倫的回憶回來了。哪怕他的回憶也許會讓我們難過，但至少，這是屬於我們和他最珍貴的東西，他就存在我們的心底和腦子裡，誰也帶不走，不該給任何人。

「我為我的爸爸和你們道歉。」文森對我們說：「對不起，他只是因為缺乏愛，所以才想搶走別人的回憶。」

「所以高莫爾是你的爸爸？」我問。

「對，」文森無奈的點頭：「他從以前就只在乎他的工作和他想要什麼，從不在乎我和媽媽，就算媽媽生病死了，他也沒時間抽空來看媽媽。」

「他天真以為回憶可以和錢一樣，用辦法、用手段就可以得到。」文森說：「自從他有了你們的回憶之後，他常常會跑到媽媽設計的會客室，我猜他正在感受你們家的回憶，不管他感受到什麼，他最後總是以悲傷收場，也許他也知道這個回憶是屬於你們，哪怕他搶了過來，也還是別人的東西吧。」

「如果我記得沒錯，本來華倫斯企業的標誌是一個大W，」史丹對文森說：「但是在兩年前卻突然加了一個大B，你知道為什麼嗎？」

文森想了想，搖搖頭。

「我知道你很聰明，你認真想一想，一定會知道。」史丹說。

文森陷入了沉思，他將手捂著嘴，我知道這是他在思考的招牌動作，過了半響，他才像想到什麼似的說：「我知道了，」他紅著眼睛：「那個大B是媽媽貝西BESSIE。」

史丹點點頭：「對，所以他對於董事長夫人的死也很難過，只是他不會表達，我想就是因為這樣他才想要拿走泰勒一家人對艾倫的回憶，因為在自己老婆生前，他總以為時間很多，沒想到老婆卻這麼早就離開了自己。」

我們聽了都哭了起來，我們一方面同情高莫爾的遭遇，一方面我們也慶幸自己竟然擁有這麼多和彼此的回憶。

「可是我還有一些疑問，」我問道：「為什麼高莫爾，」我看了文森一眼：「我是說文森的爸爸會知道我需要契約，買賣回憶呢？」

「他是我老闆，當然知道我家發生了什麼事。」爸爸說。

「我知道，我的意思是：他怎麼會知道我一定會簽約？」我又解釋了一次。

我們陷入了一陣沉思。

就在我決定放棄的時候——這個對一個昏睡七天的人來說，實在太痛苦了。

爸爸突然說：「是故意製造機會。」

「機會？」我問。

「對，卡特你記得嗎？我們搬來的第一天，艾倫的腳踏車不知道為什麼跑來我們家，」我點點頭，他繼續說：「之後我叫你丟掉，又有一個不認識的瘋子把它拿來我們家。」

「對，我確定我真的是丟在垃圾場。」我回答。

「所以我想這就是高莫爾的手段，哪怕只是一輛三輪車都容易牽動我們的情緒。」爸爸說。

我點點頭，感覺人心真的好脆弱。

「那，高莫爾，」我想繼續問下去，但是史丹卻打斷了我的話：「你才剛醒來不要再想這些了吧，」他用食指在腦邊畫圈：「對腦袋不好。」

我望向他的眼神，同時撇向文森。

這時我才意識到，雖然高莫爾可惡至極，但是他畢竟是文森的爸爸，我們實在不應該在兒子面前批判他的父親。

我在文森的眼神裡看到充滿歉疚的空洞感，連忙說：「這一次真的很謝謝你們。」我對吉娜和文森說。

他們走近我：「這是我們該做的。」吉娜給了我一個擁抱。

出院之後的週末，史丹來我們家拜訪。

「你當初是不是要問我：為什麼高莫爾會有買賣回憶的能力？」他坐在沙發上，喝了口茶問我。

「對。」我點點頭。

當下我是真的很想問，但礙於文森在旁邊。

「傳聞高莫爾事業做得如此成功、富可敵國，就是因為將靈魂賣給惡魔，他早就是惡魔的手下了。」他講了這個不得了的故事：「甚至有人說，他的兒子高文森之所以笑不出來、憂鬱，全都是因為他連兒子的笑容也出賣了。」

我驚訝的說不出話來，印象中文森的確是不太愛笑。笑對他來說是非常勉強的。

「這應該只是傳說吧，」爸爸說：「如果我的老爸是高莫爾，我可能也笑不出來。」

史丹冷笑一聲：「對啊，只是傳說，但是一個人之所以會這麼成功，一定付出了很大的代價，只是我們都不知道而已。」

他看著我們：「我們往往只羨慕別人有的，卻忘了對方是怎麼努力怎麼犧牲。」

我們贊同的點點頭。

我突然覺得自己能夠贏過惡魔手下高莫爾，一切都要感激文森和吉娜，要不是文森的推理和堅持，還有吉娜的鼓勵，我可能根本贏不了他。

暑假過後我轉到孟特爾高中念高三，媽媽比之前更堅強、更能面對事實了。爸爸原本以為會因為艾倫的事丟了工作，高莫爾卻不再提起這件事。華倫斯企業的薪水很高，又可以發揮爸爸的長才，爸爸決定繼續在華倫斯企業工作。

至於我，來到了孟特爾高中大門，他是華倫斯旗下的高中，一間很不錯的學校。

我正要進去時，發現手機在震動：「喂。」我接起手機。

「轉學生麻煩請你回頭。」我回頭看到吉娜和文森。他們兩人都穿著孟特爾高中的制服。

「你們也念孟特爾高中嗎？」我很開心。

「對，」文森說：「我本來就是孟特爾高中的學生，我動用了點關係，讓你們和我同班。」

「那吉娜呢？」我問。

「我問文森我可不可以來這裡和你們一起念高中，反正我可以住在爺爺家啊。」還是習慣性摸著她的頭髮。

我看著吉娜的新造型，覺得女生真的是很不可思議的動物，現在沒有妹妹頭的她，看起來更有自信更漂亮，孟特爾高中的制服也把她的身材襯托的很好。

「你覺得吉娜來念孟特爾高中，是不是因為我？」我偷偷問文森。

文森白了我一眼：「也可能是因為我吧！」

他說完回了我一個似笑非笑的表情，雖然文森還是沒有笑，但我可以感覺他很開心，我也相信我以後一定有把握會讓他展開笑容。

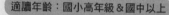

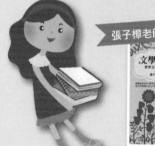

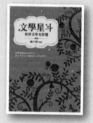

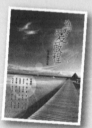

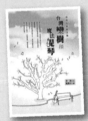

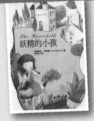

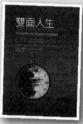

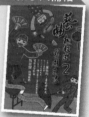

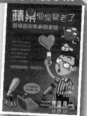

拋開成見　走出舒適圈
認識身外的世界

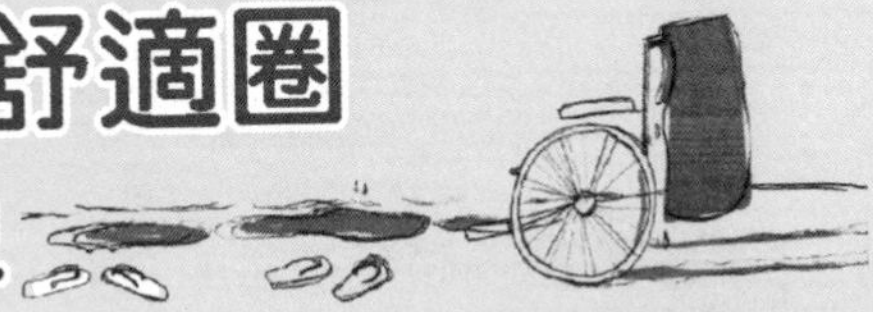

定價：280元

夏日大作戰

作者：貝瑟妮・克蘭黛兒（Bethany Crandell）

不知人間疾苦的千金大小姐——小蟲・蒙哥馬利的暑假，被一輛巴士給毀了，正確的說，是巴士裡的乘客。

她被老爸強制送到夏令營，當她發現，這是專為身障青少年設計的營隊時，嚴重懷疑自己是否能捱過24小時地獄般的試煉。

幸好她遇見了一位帥到沒天理的工作伙伴，頓時覺得人生充滿了光明。然而熱情洋溢又愛黏人的身障小鬼，卻一再挑戰小蟲的極限，為她的人生蒙上陰影。

小蟲會為了一場夏季之戀撐到最後嗎？她能毫無疙瘩的看待這些小鬼嗎？

且看這位千金大小姐，在經過一場水土不服的天人交戰之後，是否有所蛻變！

延伸閱讀

★「好書大家讀」好書推薦

★文化部中小學生優良讀物推介

《新生》

作者：羅伯特・威廉斯

定價：270元

Taiwan．城市流轉

◎定價：250 元　◎作者：蕭蕭主編
◎書號：986241　◎ ISBN：9789575748470

★臺北市 101 年度兒童深耕閱讀好書推薦入選 - 高年級
★台灣出版 TOP1-2011 年度代表性圖書
★第 34 次中小學生優良課外讀物推介 - 文學語文類

流淌的時間之河，或驚濤拍岸，或流水潺潺，為城市變換面孔，不曾停歇；
撫今追昔的文人墨客，或傷懷追憶、或瀟灑自在，為城市書寫靈魂，風華猶存。
三、四十年來台灣的城鄉轉換、生活記憶，十五位知名作家的書寫，飽覽城市的達人……
本書以台灣北、中、南城市為書寫主軸，有抒情、　景、寫人，字字勾勒作家心目中城市的變遷與風貌，令讀者體會過去的、現在的，屬於城市的人文流動，而發思古之幽情，感時空變遷之喟歎。

跨越生命的關卡

◎定價：250 元　◎作者：桂文亞主編
◎書號：986240　◎ ISBN：9789575748432

★第 61 梯好書大家讀入選書單
★第 34 次中小學生優良課外讀物推介 - 文學語文類

人生難免遭遇挫折、打擊，但不順暢的際遇也可能轉化為認識自我、激勵個人成長的動力。本書邀16 位名家以「挫折」為題，訴說個人的人生故事，從「七老八十」的孫幼軍、馬景賢、金波、林煥彰當年無心肇禍的悔恨、失學之苦、貧困之苦、病痛之苦等親身經歷，到叔伯、阿姨輩的馮輝岳、董宏猷、樸月、祝建太、賴曉珍、張嘉驊、殷健靈、陳月文、林芳萍、嚴淑女等人的考場失利、教室受辱、意外傷害、喪失至親或工作失利等磨難。讀者在賞讀好文的同時，也彷彿走進他們的心靈花園，感受一股生命的力量和希望，得到學習的典範。

看見生命之光

◎定價：220 元　◎作者：洪佳君 & 黃志雄　◎口述 / 薛春光主編　◎繪者：徐建國
◎書號：915024　◎ ISBN：9789575748036

全書分為十二篇故事，以洪佳君、黃志雄為楷模，從求學、運動選手、政治生涯中所秉持的信念，告訴我們如何克服低潮和不順遂，養成堅持到底的毅力，提升挫折耐受度；同時也告訴我們，在成長的過程中，如何尊重師長、朋友，與人分工合作，維持良好的人際關係。

少年蕭蕭

◎定價：200 元　◎作者：蕭蕭（蕭水順）　◎繪者：洪義男
◎書號：986234　◎ ISBN：9789575747893

★第 33 次中小學生優良課外讀物推介文學語文類

本書紀錄一位詩人、散文家蕭蕭的成長故事！
作者以「武秀才的三合院」、「跟朋友一起發光發亮」回頭看少年的「他」。少年情懷的真摯與自我期許，慢慢從武秀才的三合院走過，慢慢從壁虎與蜥蜴之間辨識，慢慢從玫瑰與日日春之中選擇挺立自我。一起來看知名文學作家的成長過程，你也可以實現自己的志願與夢想。
開和外星來客〉，也有以第二人稱敘事手法呈現的作品，如〈大葉山欖和蔥油餅香〉、〈油桐落花和迴頭彎口〉等，襯托出樹與人之間的故事精神。

想念——現代散文選集（99）

定價：200 元　◎作者：劉佩玉編著　繪者：朵兒普拉司
書號：986233　◎ ISBN：9789575747770

本書精選十六篇現代散文作品，依其性質分為：自然篇、有情篇、記憶篇、成長篇、修養篇。文筆細膩，文字雋美，並加以解說評析，旨在引導少年朋友透視散文的內涵，進而從中得到智慧與啟發。
是給予〉、〈堅持做對的事〉、〈成為時代的傳奇〉等。
這是一本年輕朋友應該要閱讀的書，也是一本閱讀之後會有所收穫的書。

臺灣山林野趣

◎定價：280 元　◎作者：劉伯樂　◎繪者：劉伯樂
◎書號：986275　◎ ISBN：9789864490585

臺灣，我們美麗的婆娑之島，承載著各種獨特的生命：
阿里山上的紅楓與花雀、大屯山上洗沙澡的藍鵲、雲霧飄渺神密莫測的黑色奇萊、斯馬庫斯的原住民居、鰲鼓溼地的野鳥樂園、山毛櫸步道的參天大樹……毫不招搖，卻各自精采，靜靜等待我們發掘、攀爬、奔跑。
作者無數次造訪高山、湖泊、森林，在一次次的自然旅行中，驚嘆造物主的神奇與人文的景致；透過他的觀察和體驗，原來，我們的家鄉這麼美麗！

漫畫與文學的火花

◎定價：260 元　◎作者：廖鴻基、許榮哲、張耀升等　◎繪者：漢寶包、捲貓、馮筱鈞
◎書號：984202　◎ ISBN：9789864490295

文學是一門獨立創作，漫畫也是一門獨立創作，當「文學裡的漫畫」或「漫畫裡的文學」的想像被拋出來，是否成為另一種創作面貌？能否一加一大於二？當漫畫與文學相遇，甚至展開對話，會產生什麼樣的化學變化呢？
透過《幼獅少年》雜誌的穿針引線，文化部的贊助與支持，九位知名作家——廖玉蕙、劉克襄、廖鴻基、張友漁、鍾文音、許榮哲、張耀升、楊佳嫻、陳又津，以及三位人氣漫畫家——漢寶包、捲貓、馮筱鈞，相互激盪出精采的火花，也提供有志於文學或漫畫的創作者更多的啟發。

包場看電影

◎定價：280 元　◎作者：李潼　◎繪者：何雲姿
◎書號：986266　◎ ISBN：9789864490370

★ 105 年度兒童深耕閱讀計劃兒童閱讀優良媒材

李潼愛鄉惜物念舊情，作品總讓人讀得莞爾，甚至噴洒笑淚……一篇篇讀下來，就這四個字：「真李潼也！」——桂文亞
精選李潼散文，不管是懷舊敘事，還是觸景有感，以帶有情感的筆描繪所見所聞，抒發內心的想法及見解。他以淺顯的文字寫這些人這些事這些景和物，提供讀者一個閱讀的新視野。筆端帶有情感，文字自然有韻，內容涵蓋自然保育、鄉土情懷、親情友情之美，讀來生動有味，餘韻猶存。

台灣欒樹和魔法提琴

◎定價：280 元　◎作者：李潼　◎繪者：施凱文
◎書號：986262　◎ ISBN：9789575749392

★入選 66 梯次好書大家讀
★榮獲「好書大家讀」2014 年度最佳少年兒童讀物獎
★文化部第 37 次中小學生優良課外讀物推介

本書共十五篇，敘述十五個與樹有關的人的故事，記載人與樹在生命中對話的活動。篇末隨附相關樹種的詳細資料，提供讀者認識文中樹木。作者透過各種樹的姿態，成就一本人與自然萬物的對話，包含藝術家、愛情、白色恐怖、921 大震，也有阿里山上樹靈塔的傳說 ...... 每一個故事則記錄著一段動人的歷史。在不同主題內涵的書寫中，作者以不同敘事方法，例如：有以鳳凰木本身敘事的〈鳳凰花開和外星來客〉，也有以第二人稱敘事手法呈現的作品，如〈大葉山欖和蔥油餅香〉、〈油桐落花和迴頭遭口〉等，襯托出樹與人之間的故事精神。

青春修鍊 40 堂課

◎定價：250 元　◎作者：江連君　◎繪者：詹迪薾
◎書號：954217　◎ ISBN：9789864490035

青春，可以貧乏、虛度；青春，也可以飽滿、充實。《青春修鍊 40 堂課》一書，分享曾有的生動故事，提供當前的豐富資訊，描繪未來的生活願景，希望年輕朋友可以調適心態，發揮潛力，過著值得按讚的青春歲月。
《青春修鍊 40 堂課》包含八大面向，每一面向提列五個小主題，共計四十篇文章，每篇以一千至一千五百字書寫，全書大約五萬二千字，主要閱讀對象為國、高中學生。
其中，有些主題相當能符應當前時代的發展趨向，如：遠距交友、志工服務、旅行、理財、食安等。另有一些主題，則蘊含著對年輕世代的身課期許，如：〈為了正義，挺身而出〉、〈留下的不是獲得，是給予〉、〈堅持做對的事〉、〈成為時代的傳奇〉等。
這是一本年輕朋友應該要閱讀的書，也是一本閱讀之後會有所收穫的書。

國家圖書館出版品預行編目資料

回憶契約／梁永佳文. --初版 . --臺北市：幼獅，2017.02
面；　公分. --（小說館；20）

ISBN 978-986-449-064-6（平裝）

859.6　　105021818

・小說館020・

回憶契約

作　　者＝梁永佳
出 版 者＝幼獅文化事業股份有限公司
發 行 人＝李鍾桂
總 經 理＝王華金
總 編 輯＝劉淑華
副總編輯＝林碧琪
主　　編＝林泊瑜
編　　輯＝周雅娣
美術編輯＝李祥銘
總 公 司＝10045臺北市重慶南路1段66-1號3樓
電話＝(02)2311-2832
傳真＝(02)2311-5368
郵政劃撥＝00033368

門市
・松江展示中心：10422臺北市松江路219號
電話：(02)2502-5858轉734傳真：(02)2503-6601

印刷＝崇寶彩藝印刷股份有限公司
定價＝250元
港幣＝83元
初版＝2017.02
書號＝987242

幼獅樂讀網
http://www.youth.com.tw
e-mail:customer@youth.com.tw
幼獅購物網
http://shopping.youth.com.tw

行政院新聞局核准登記證局版臺業字第0143號